La pire meilleure journée de ma vie

Hubert Ben Kemoun
Illustrations de Diglee

La pire meilleure journée de ma vie

RAGEOT

Cet ouvrage a été imprimé sur un papier
issu de forêts gérées durablement,
de sources contrôlées.

Couverture : Diglee.

ISBN : 978-2-7002-3800-6
ISSN : 1951-5758

Pour Nicolas et Nathan.

1

Maman avait une tête étrange. La tête émerveillée de quelqu'un qui vient de trouver les six bons numéros du loto. Enfin j'imagine, chez nous, personne ne coche jamais ce genre de grille.

– Lucile ! Lucile ! répétait-elle joyeusement, un peu comme si, brusquement, elle venait de se souvenir de mon prénom.

J'étais encore dans le couloir de l'entrée. J'arrivais du collège avec une bonne heure de retard. J'avais traîné avec Malika et Susie en feuilletant le dernier numéro de *Gloss*.

Nous avions pas mal déliré au sujet de cette grave question que se posait Susie : comment réussir à se faire embrasser par Tony Young, le guitariste craquant à mourir (selon elle) des Teenage Boys qui devaient se produire au Zénith de la ville dans une semaine…

– T'as même pas réussi à avoir de place au concert ! avais-je déclaré, histoire de participer à ce débat crucial.

Elle n'avait pas apprécié ce qui n'était même pas une pique. Puis, les yeux perdus dans les photos en couleur de Tony, elle avait déclaré avec gourmandise :

– Un mouchoir imbibé de sa sueur ferait aussi l'affaire… Du moins pour commencer !

Susie, question garçons, était limite incurable ! Mais après tout, moi aussi, dans un autre style. Je n'étais restée là, assise sur le banc de l'arrêt du bus devant le collège, que pour voir passer Jérémy Deveaufleury.

Il avait mis un temps incroyable à récupérer son vélo au garage, sans doute s'était-il attardé à bavarder avec des copains, mais j'étais prête à l'attendre jusqu'à la tombée de la nuit s'il le fallait. Je me sentais comme une plongeuse en apnée. Voir Jérémy passer sur son vélo, glaner une bouffée d'air frais et parfumé de sa présence ou mieux, un sourire, c'était m'accorder un peu d'oxygène avant de replonger dans l'eau plutôt morne de la maison.

Mais la bouffée avait duré à peine vingt secondes. J'ai dû m'en contenter.

Car si Jérémy avait fini par passer devant mon arrêt de bus, pour mon bol d'oxygène c'était raté. Au moment précis où il pédalait à ma hauteur et où je lui décochais le plus beau des sourires, de l'autre rive du boulevard, un groupe de trois garçons de sa classe lui avait lancé « À demain, la vache en fleur ! » en s'esclaffant.

Il avait tourné la tête dans leur direction, haussé les épaules sur cette mise en boîte à laquelle il avait sans doute droit depuis la maternelle, et poursuivi sans me voir, sans comprendre à quel point j'étais amoureuse de lui.

J'étais rentrée quelques instants plus tard. Bredouille et déçue. J'en voulais à Susie et Malika de ne pas avoir senti depuis deux semaines ce que j'éprouvais en secret pour ce garçon. En secret, car pour rien au monde je ne leur aurais avoué quoi que ce soit.

À lui aussi, j'en voulais de ne pas comprendre à quel point je l'espérais et l'attendais. Mais attendre pour deux rend toujours deux fois plus amer...

Maman aussi m'attendait, et pas qu'un peu.

Je n'avais pas encore eu le temps de retirer ma doudoune, la bandoulière de mon sac de sport cisaillait toujours mon épaule, et maman se précipitait sur moi pour me serrer contre elle et m'embrasser. Elle agitait dans sa main une enveloppe ouverte et une lettre. On aurait dit une tourterelle blanche voletant, affolée, autour de nous dans le couloir.

En tentant de me dégager, j'ai d'abord pensé qu'elle avait reçu mon bulletin.

Notre conseil de classe du deuxième trimestre s'était déroulé dix jours auparavant et, depuis deux mois, j'avais cravaché dur pour remonter mes moyennes. C'était certainement cela ! Elle tenait à me féliciter pour mes résultats.

J'étais repassée légèrement au-dessus de la moyenne de la classe, et mes efforts me valaient une fête digne d'une première place dans toutes les matières. J'avoue avoir pensé immédiatement que la voie était ouverte pour obtenir enfin le téléphone portable que je négociais depuis un moment. J'ai répondu à ses baisers par un grand sourire, sans réussir à me détacher complètement de son étreinte ni à faire glisser la lanière de mon sac, histoire de sauver ce qui pouvait encore l'être de ma clavicule.

– Lucile ! Ma Lucile !

Je commençais sérieusement à manquer d'air.

– M'man, tu m'étouffes.

Cela n'avait, semble-t-il, aucune importance, elle a continué à me serrer contre elle.

– Lucile ! Lucile !

Au bout d'une étreinte aussi longue qu'un cours de maths, maman m'a attrapée par les épaules pour me fixer. Ses yeux brillaient. C'était tout de même beaucoup de démonstration pour une meilleure moyenne. Fallait peut-être se calmer. Les profs étaient loin d'envisager de me décerner un prix Nobel !

– Je t'attendais, ma chérie, a-t-elle fini par dire d'une voix sérieuse dans laquelle rebondissaient une ribambelle de trémolos émus.

Ne manquaient que les violons et les trompettes.

– Je vois ça... ai-je fait toujours sur la défensive.

– Oh, Lucile, j'ai une grande nouvelle pour toi !

Non, là, quelque chose clochait. Ces trémolos, ce ton, ce « pour toi ! ». Mes notes en sciences ou en anglais ne pouvaient me valoir un pareil accueil.

– Ah ?… Oui ? j'ai fait, toujours sans comprendre, histoire de l'inviter à m'expliquer.

Maman ne me regardait plus. Sans lâcher le courrier déplié dans sa main, elle m'a aidée à dégager mon sac de mon épaule, a délicatement retiré le bonnet de laine que j'avais gardé et, enfin, fixé mes longues boucles rousses. Elle a repoussé les plus rebelles, celles qui me tombent toujours un peu devant les yeux et dans lesquelles j'adorerais que Jérémy laisse un jour s'égarer ses doigts. Elle les a vrillées délicatement derrière mes oreilles.

– Laisse-moi faire, ma chérie ! s'est-elle contentée de dire.

Elle a continué ainsi à jouer avec mes cheveux. Les relevant en chignon, les plaquant en arrière, les gonflant à l'aide de ses deux paumes.

– Il faudra demander conseil à une visagiste, a-t-elle murmuré.

– Pardon ?

– Il faudra aussi penser à travailler ton maquillage.

– Maman, qu'est-ce qui se passe ? ai-je soufflé de plus en plus inquiète.

Mais elle ne m'écoutait pas. Elle a reculé pour me détailler de la tête aux pieds. On aurait dit qu'elle ne m'avait pas vue depuis des années, alors que, ce matin, nous avions pris le petit-déjeuner ensemble.

– Par contre, pour tes vieux pantalons élimés, pas besoin du conseil de qui que ce soit... À la poubelle dès ce soir ! Il va falloir que tu changes de look, a-t-elle déclaré en fusillant du regard mon jean délavé et déchiré.

– Pardon ? Non mais, ça ne va pas ! Mes jeans sont parfaits !

– Ne t'inquiète pas, ma chérie ! a-t-elle encore continué. Tu veux bien marcher jusqu'à la porte des toilettes et revenir, que je te regarde...

Ma mère est toujours du genre « trop » ou « très », mais là, ça dépassait les bornes habituelles.

Quand je dis trop ou très, je le dis sans méchanceté. Mais il faut comprendre…

D'autres invitent des amis à dîner, maman organise des réceptions, des lunchs, des brunchs, des goûters dînatoires.

Elle ne déménage pas un meuble, elle « se réapproprie l'espace ». Et là où il aurait suffi de pousser une armoire, elle en profite pour changer la tapisserie de la pièce.

En randonnée en montagne, elle ne dit jamais : « C'est beau » comme n'importe qui, mais s'extasie, de vraies larmes au fond des yeux, sur « le bouleversant panoramique qui s'offre si généreusement à nous ».

Quand les autres conduisent leur voiture, elle, la pilote.

Rien, jamais, n'est pris à la légère ou simplement avec elle. Je l'adore, mais parfois c'est assez fatigant de vivre avec une tornade qu'aucun météorologue ne saurait prévoir.

En même temps, ma mère fait parfois preuve d'une délicatesse digne de la plus incroyable des dentellières.

Aujourd'hui, je la sentais à la fois cyclone et antilope. Une impression qui n'était pas particulièrement rassurante.

– Maman ? Ça va comme tu veux ? ai-je demandé après avoir effectué l'aller et retour demandé dans le couloir.

– Comme je veux ? Ma puce, ça va mieux que je ne pourrais espérer ! a-t-elle soufflé en m'étouffant à nouveau de ses attentions.

Si un jour Jérémy se rend enfin compte que j'existe, j'aimerais qu'il m'accorde des pauses dans nos séances de baisers enflammés.

J'ai essayé de me dégager discrètement de son étreinte, hélas on n'arrête pas un ouragan en lui opposant un simple barrage de ses mains.

– Maman, c'est quoi ce courrier ? ai-je réussi à demander au milieu d'une petite fenêtre d'oxygène.

Elle m'a lâchée. Redescendant enfin sur terre.

– Ce courrier, c'est… c'est… immense ! Ce courrier, ma chérie, c'est la gloire !

– Pardon ?

Erreur, elle n'était pas redescendue sur terre, elle voguait sur son nuage, limite délirante, longue zone de turbulence, atterrissage reporté à plus tard. Agitant son enveloppe comme un albatros, son aile.

– Maman…

– Ce courrier, c'est le monde entier qui te regarde !

– Maman, en langage normal, de quoi tu parles ?

Non, visiblement aucune escale technique n'était prévue dans son plan de vol.

– Lucile Boulivier… Lucile Boulivier… s'est-elle mise à répéter.

– C'est moi ! Arrête maman, t'es lourde !

– Lucile Ouvier ! Oui, Lucile Ouvier, ç'aurait peut-être été mieux… Si on enlève le B et le li, ça sonne mieux. Ce « Bouli » fait triste, il fait… boulimique, ou éboulis ou coulis… Je l'ai toujours dit à ton père, mais, tu sais comment il est…

– C'est son nom ! C'est le mien ! Fallait épouser un homme qui s'appelait Gildas Ouvier !

– Alors qu'avec ce « Ouv » de Ouvier, on entend tout de suite ouverte, ouverture ! Lucile Ouvier ! C'est pas mal ! Ou alors, on se contente de Lucile, tout simplement Lucile, c'est assez original !

– Maman !!! Je t'en prie, arrête et explique-moi ! C'est quoi cette lettre ?

J'avais haussé le ton, mais cela ne servait à rien. J'ai décidé de ne pas attendre qu'elle consente à parler ma langue.

– Bon eh bien moi, j'en ai marre, je vais prendre mon goûter, et non mon « oûter », parce que j'ai du boulot par-dessus la tête, et pas du « oulot », et une super faim. En plus, je ne compte pas rater mon épisode de *Grey's Anatomy* !

Je l'ai contournée pour filer jusqu'à la cuisine.

Elle n'a pas mis dix secondes à débarquer à côté du placard où je venais d'attraper le paquet de brioches aux pépites de chocolat.

– Il faudra aussi faire attention à ta ligne, ma chérie !

– À ma ligne ? Mais c'est quoi ce délire à la fin ?

Pour la provoquer, j'ai engouffré une tranche de brioche.

– C'est important, tu sais !

Elle venait de s'asseoir en face de moi, à côté du compotier de fruits. Je la sentais sincèrement émue, presque au bord des larmes.

Tout en replaçant deux kiwis sur le sommet d'une pyramide constituée d'un régime de petites bananes créoles, de quelques oranges et de grappes de raisin d'Espagne, elle a répété :

– Important, si important.

Si je ne lui ai pas répondu, ce n'était pas pour la snober. La tranche de brioche entière était quand même trop grosse, j'avais du mal à déglutir.

– Excuse-moi, je m'y prends si mal parfois ! a-t-elle murmuré en poussant enfin le mystérieux courrier entre nous, sur la table.

La lettre était tapée à la machine et venait du centre social des Avoines. Elle était adressée aux parents des élèves de mon cours de danse, celui de Mlle Fabrezan.

Madame, monsieur,

Comme vous le savez sans doute, les Jeux olympiques débuteront à Babel City dans moins de cent jours, le 26 juin, et cet événement sera un moment exceptionnel et historique dans la vie de notre pays.

Le comité d'organisation de la cérémonie d'ouverture des Jeux vient de contacter trente-huit associations de danse du pays pour recruter deux cents danseuses de talent entre neuf et treize ans.

Le groupe de danse contemporaine dirigé par mademoiselle Grace Fabrezan dans lequel est inscrite votre fille a été choisi par le comité.

C'est un grand honneur et une reconnaissance pour notre travail. Une grande responsabilité aussi.

Les danseuses prépareront une chorégraphie, d'abord au centre social, puis en regroupement avec les autres troupes de danse sélectionnées. L'unique représentation de cette chorégraphie se déroulera lors de la grande cérémonie d'ouverture des Jeux au Babel City Stadium le soir du 26 juin.

Si, comme nous l'espérons, vous acceptez cette invitation, vous voudrez bien signer l'autorisation parentale ci-jointe et nous la renvoyer. Les répétitions commenceront la semaine prochaine au centre social à raison de deux fois par semaine.

En vous remerciant pour l'attention que vous voudrez bien porter à notre demande, recevez, madame, monsieur, l'assurance de nos plus cordiales salutations.

Le président de l'association du centre social des Avoines.

J'ai relevé le nez vers maman, elle me souriait béate.

– J'ai signé, tu penses bien, j'ai signé immédiatement !

– Et si je te dis que je ne veux pas y aller... ai-je murmuré en regardant Groucho qui passait en miaulant sur le bord de l'évier.

La béatitude a quitté son regard. On aurait dit que le ciel abandonnait brusquement son azur pour faire place à l'anthracite d'un terrible orage.

– Tu plaisantes ? Les Jeux olympiques... La cérémonie d'ouverture des Jeux olympiques... Dis-moi que tu plaisantes, Lucile ?

– Bien sûr, je plaisante ! Seulement tu ne touches ni à mes cheveux ni à mes jeans ou à mon nom ! J'ai déjà participé à des galas de danse l'an dernier, et t'en as pas fait tout un fromage, alors on se calme. Ça n'empêche que je suis heureuse…

– Ah, tu vois !

– Heureuse que tu aies l'air si heureuse, maman…

2

Et pour être heureuse, maman l'était ! Aussi heureuse qu'elle a été très peu discrète.

À la fin de la semaine, je crois pouvoir affirmer qu'elle avait fait savoir à toute la ville que sa fille danserait – avec 199 autres filles, certes, mais c'était à ses yeux un détail insignifiant – pour l'ouverture des Jeux olympiques de Babel City.

De nos voisins du quartier à la boulangère de *La flûte enchantée*, des caissières du *Super U* au garagiste qui venait de réviser sa voiture, des collègues des agences immobilières où elle travaillait de temps en temps, aux clients à qui elle faisait visiter les studios et appartements en vente ou en location… au bout de quelques jours, personne de son entourage ne pouvait ignorer que la gloire absolue était en train d'envelopper notre famille d'un joli papier de soie aux couleurs olympiques.

Pour un peu, je la soupçonnais capable d'imaginer que c'était moi qui, en juin, porterais le drapeau aux cinq anneaux, allumerais la flamme du stade et remporterais toutes les médailles d'or de la compétition ! Évidemment, j'exagère, mais maman n'a jamais de problème pour broder les choses à sa façon et trois drôles de mois ont commencé pour sa Lucile olympique.

Dans le genre hyper stressée, Mlle Fabrezan était directement qualifiée pour une finale contre maman. Quand elle nous a accueillies le mercredi suivant pour notre cours, elle était aussi excitée que l'aurait été Susie, si Tony Young lui avait téléphoné pour l'inviter à une soirée privée ou à l'enregistrement de son prochain single.

Nous étions toutes les douze, assises sous les barres fixées contre le mur de miroirs de la salle. Elle a commencé par nous féliciter puisque nos parents avaient donné leur accord pour nous autoriser à participer à la grande fête.

Grace Fabrezan est une prof géniale et je l'adore.

J'avais commencé la danse à sept ans et, cinq ans plus tard, j'aimais toujours autant participer à ses cours et aux chorégraphies que nous présentions lors des galas du centre social en fin d'année.

Grace n'avait qu'un seul défaut, mais un défaut de taille. Quand elle expliquait quelque chose, elle ne se contentait jamais de le dire une seule fois.

Chaque consigne, chaque conseil, chaque explication, était toujours répété au minimum deux fois.

Du coup, ce qui se résumait facilement en quelques phrases prenait un quart d'heure et, ce jour-là, les informations au sujet de notre prestation pour la cérémonie des Jeux ont réellement duré deux fois plus de temps que nécessaire.

– La musique qui a été choisie pour votre chorégraphie est le *Boléro* de Maurice Ravel. Dans une version qui dure exactement neuf minutes et trente-sept secondes. Ce *Boléro* de Ravel, que certaines d'entre vous ont certainement déjà entendu et qui prendra un peu moins de dix minutes, vous le danserez avec cent quatre-vingt-huit autres filles. Comme vous, elles le travailleront dans leurs cours de danse et nous aurons trois regroupements à Babel City vers la mi-juin pour mettre en situation les placements et la chorégraphie définitifs. Donc deux cents danseuses, presque dix minutes, et sur une musique unique. Ah oui, je ne dois pas oublier de vous demander à chacune vos tailles et pointures pour que je les transmette au service qui préparera vos costumes. Car il faut que tout soit parfait, absolument impeccable. Il ne faudra pas vous tromper quand vous me fournirez vos tailles et vos pointures, vous comprenez, c'est pour les costumes et les accessoires. Vous danserez sur le *Boléro* de Ravel et, une demi-heure après, vous devrez être changées et revenues sur le stade, dans une autre tenue – n'oubliez pas les tailles et les pointures. En effet les deux cents danseuses ont été désignées pour faire la haie d'honneur aux athlètes de tous les pays qui entreront pour leur tour de piste. Mais je reviens à cette musique, le plus simple est sans doute que je vous la fasse écouter, cela s'appelle le *Boléro* et c'est le compositeur français Maurice Ravel qui l'a composée. Je vous l'avais déjà dit, non ?

Mlle Fabrezan s'est enfin tue et a enclenché la musique sur la chaîne. Les notes fluides et délicates d'une clarinette et les roulements joyeux d'un tambour ont commencé à nous envelopper comme un voile en satin.

J'ai immédiatement adoré ce *Boléro*. À la première clarinette répondait une seconde, plus aiguë, cela ressemblait à un dialogue que les violons soutenaient en rythme avec les percussions, tranquillement. Style, petite promenade par un jour de printemps.

Au bout de deux minutes à peine, d'autres cuivres, les trompettes, les cors, les trombones et les flûtes entraient dans la conversation, histoire de s'inviter à la balade.

Puis, toujours sur le même thème, à trois temps, les violons se lançaient crescendo dans le morceau pour soutenir l'orchestre et occuper l'espace de plus en plus fort.

Et là, à force d'être répété, le thème entrait vraiment dans la tête, il insistait, s'incrustait, se tatouait à nous par tous les pores de la peau. Après, impossible de se débarrasser de cet air tant de fois récité par l'orchestre. Le final était éblouissant, soutenu par un chœur de voix de femmes.

Je crois que mes camarades aussi ont adoré cette musique simple qui montait avec une telle puissance. C'était le genre de morceau qui donnait envie d'être heureux et fier, et dès la deuxième écoute (Mlle Fabrezan nous l'a évidemment passé deux fois) j'ai pensé que si Jérémy Deveaufleury l'écoutait en ma compagnie, il ne résisterait pas à l'envie de se serrer fort contre moi, de m'embrasser avant que ne résonne la dernière explosion des percussions.

Oui, j'allais danser ce *Boléro*, avec plaisir, pas seulement pour moi ou parce que cela rendait maman si joyeuse et si fière, mais pour que Jérémy me voie et m'admire, et m'aime, et m'adore, et… Et lui, enfin comprendrait à quel point je l'aimais. Ou alors c'est qu'il était idiot, ou sourd ou aveugle ou les trois en même temps.

– Bon les filles, on se met en cercle. Étirements et assouplissements pour commencer. Parce qu'on a du travail pour être au niveau ! Allez, je veux voir un joli cercle. On commence par décrocher la lune avec le haut du crâne. On ira chercher les étoiles plus tard avec les mains ! Talon, pointes, talon, pointes. Pas de bras, juste des étirements à partir des pieds jusqu'au sommet de la tête. C'est parti ! Et s'il vous plaît, les filles, ne m'obligez pas à me répéter…

3

Moins d'une semaine plus tard, maman m'a offert le CD du *Boléro* de Ravel « afin que tu puisses t'imprégner parfaitement de la musique, ma chérie ». Touchée par cette délicate attention, j'ai reçu ce cadeau avec grand plaisir. Mais j'ai vite déchanté.

Quelques jours à peine après que ce disque est arrivé dans ma chambre, je me suis rendu compte qu'elle l'avait acheté en double afin de disposer d'un exemplaire dans le salon et de me passer le morceau, le soir, quand je rentrais du collège…

Au bout d'un mois, à force de goûter et de dîner avec Ravel, j'appréciais avec beaucoup moins de plaisir son *Boléro*.

Il n'y avait pas seulement à la maison que le compte à rebours pour les Jeux olympiques avait commencé. Les Jeux étaient partout. Pas une marque de gâteau, de lessive, pas une banque ou un opérateur de téléphone qui ne les utilise pour ses campagnes de publicité. Les journaux télévisés s'ouvraient à présent avec une incrustation à l'écran décomptant le nombre de jours avant l'ouverture au Babel City Stadium et notre entrée en scène.

Abbabely, la mascotte des Jeux, un papillon multicolore qui semblait avoir été dessiné par un gamin de trois ans, voletait partout dans le pays. Sur les frontons des mairies, les flancs des bus, des tramways et des trains, les portes des restaurants, on collait Abbabely. Il était en ribambelle dans les rues des villes, dans les feuillages des arbres. Une véritable invasion. Oui, on peut dire que le pays était victime d'une invasion de papillons.

Au centre social, les mercredis après-midi et vendredis en fin de journée, les répétitions avançaient plutôt bien sous la houlette de Mlle Fabrezan.

Nos enchaînements se mettaient en place et nous n'avions pas trop de mal à les mémoriser.

Par contre, ce qui n'arrivait pas à prendre forme, c'était mon histoire avec Jérémy Deveaufleury.

Il n'était pas dans la même classe de cinquième que moi et je me contentais de l'observer de loin pendant les récréations et au réfectoire.

Que personne ne me demande de justifier la fixation que je faisais sur lui. Il me plaisait, c'est tout ! Il n'était peut-être pas le plus beau des garçons de son âge, sans doute pas le plus brillant, évidemment pas le mieux habillé, mais depuis qu'un après-midi, dans les escaliers du bâtiment D, nos regards s'étaient croisés et qu'il m'avait laissée passer en me souriant, cela avait été le flash total ! Une sorte de coup de foudre évident, du moins pour moi.

Cela peut sembler nul ou trop romantique, ou les deux, je m'en moque. Un simple regard, une douce attention... le courant électrique qui m'avait parcourue ce jour-là avait été d'une puissance vertigineuse et inconnue. Ce serait lui, et personne d'autre. Après tout, cela valait bien les stratégies de certaines de mes camarades qui butinaient de lèvres en lèvres.

Depuis, j'avais appris à l'épier et l'apprécier. J'aimais la façon dont il se massait la facette droite du nez et remettait en place ses cheveux bruns jamais coiffés. J'aimais son rire et le timbre de sa voix. J'adorais la manière délicate qu'il avait de répondre d'une grimace à peine crispée quand ses copains se moquaient de son nom et, à mes yeux, personne ne traversait la cour avec plus de grâce que lui quand il portait son sac à dos par une seule bandoulière sur son épaule gauche.

Il ne me ressemblait pas. Je suis une fille plutôt discrète et timide, je le voyais souvent faire l'imbécile avec ses copains au réfectoire ou livrer des matchs acharnés sous les panneaux de basket. Il semblait heureux de vivre, si craquant, si à l'aise, dévorant l'existence avec un appétit gourmand qui me donnait envie. Et si c'était moi la danseuse, ce garçon avait plus de grâce que le groupe que nous formions autour de Mlle Fabrezan. Seulement sa bande d'amis n'était pas la mienne, et je n'étais pas certaine qu'il sache que j'existais quelque part.

Susie avait décidé de « rompre » avec Tony Young, le guitariste des Teenage Boys. À présent elle rêvait de Sam Marx, un troisième qui avait l'avantage d'être beaucoup plus abordable et qui jouait du saxo dans Boulimie subite, un groupe de slameurs du collège. Au moins, elle savait s'adapter, elle.

Aussi, parce que je me désespérais que Jérémy Deveaufleury m'ignore, parce que ce n'était pas la peine de se préparer à danser devant le monde entier s'il ne me regardait pas, j'ai décidé de forcer le destin.

C'était en mai, un lundi, juste après la cantine.

Armés de verres en plastique, Jérémy et deux autres garçons avaient déclenché une bataille d'eau dans les toilettes de la cour. Une bataille qui amusait pas mal de spectateurs et qui a fini par attirer la curiosité de Tesson, un des pions de service.

Tesson est une grande asperge frisée qui aime à faire entendre d'un ton froid et sec le pouvoir qu'il exerce sur nous.

Il punit plus vite que son ombre, sans réfléchir, ce qui lui permet de filer se planquer dans son bureau pour se plonger dans la lecture de ses revues de nautisme. L'affaire d'arrosage dans les toilettes a été vite réglée. Les trois garçons ont récolté deux heures de colle pour le surlendemain après-midi, avec devoir à rendre sur le développement durable et le gaspillage de l'eau.

L'incident était clos. Jérémy sortait déjà du bureau des surveillants avec son cahier de liaison, la sonnerie nous invitait à monter en cours. Je commençais mon après-midi par Sciences de la vie et de la terre. Je n'avais pas vraiment de plan, mais je savais où je voulais en venir en m'installant en cours avec Susie et Malika.

J'ignore par quel réseau d'informateurs mes copines avaient appris la nouvelle de ma future « gloire olympique » (si, je m'en doute, maman l'avait hurlé partout). En tout cas, elles avaient été mises au courant avant que je ne me décide à leur annoncer une nouvelle que j'avais souhaité garder secrète le plus longtemps possible. Depuis, le sujet revenait à tout bout de champ dans nos discussions, un peu trop à mon goût. Cela ne me changeait pas de l'ambiance à la maison. Un peu comme maman, Susie et Malika exigeaient des informations au fur et à mesure que Mlle Fabrezan nous en donnait. Elles aussi se transformaient avec plaisir en conseillères et entraîneuses.

– Et tu as prévu de prendre un truc pour éliminer le trac ? Sans virer dans le dopage, ça peut être utile.

– Tu sais, la chorégraphie ne prendra pas plus d'une dizaine de minutes. J'ai déjà dansé plus d'une demi-heure d'affilée sans sortir de scène.

– N'empêche, moi je trouve que ça peut aider... Et alors, pour les costumes, tu en sais plus ? Vous ressemblerez à quoi ?

– Je crois avoir compris que nous serons en oiseaux des îles ou quelque chose dans ce style. Nous danserons autour d'une pyramide humaine qui se sera mise en place sur le stade pendant le tableau précédent. Nous, nous dansons le tableau numéro 12 du spectacle, la pyramide c'est le tableau 11 !

– Une pyramide humaine ? Oh la classe ! Quelle hauteur ?

– J'adore le *Boléro* de Ravel ! Je ne connaissais pas, mais je l'ai téléchargé sur mon ordi, ça a une pêche totale.

– Moi aussi, j'adoooore ! Je t'assure Lucile, je ne dis pas cela pour te faire plaisir.

C'était sans aucun doute sincère, il y avait dans sa voix les mêmes trémolos que lorsqu'elle parlait du saxo de son Sam.

– Oui, j'aime bien… Enfin, j'aimais bien au début, mais je commence à saturer grave avec cette musique ! ai-je répondu. Ma mère la passe en boucle à la maison pour que j'en connaisse chaque note ! Je suis au bord de l'overdose.

– Attends, je comprends qu'elle soit super fière. Si un truc pareil m'arrivait, ma mère aurait déjà…

– Si ces demoiselles veulent bien terminer leur conversation, nous allons peut-être enfin pouvoir nous consacrer à l'étude de l'appareil digestif ! a lancé Fourmont, le prof de SVT depuis le tableau de la classe sur lequel n'était dessinée aucune pyramide. Je sais, mesdemoiselles, j'exagère de vous importuner de la sorte, mais j'assume. Je conçois parfaitement que les sucs gastriques ne passionnent pas outre mesure trois jeunes filles pleines d'entrain comme vous, mais… il y a un petit détail qui semble vous échapper… cette affaire d'appareil est au programme et j'entends vous offrir le plaisir d'un devoir écrit sur ce sujet la semaine prochaine.

Malika et Susie se sont tues immédiatement. J'ai saisi ma chance, elle se présentait plus tôt que prévu.

– C'est vrai que ça ne me passionne pas, l'appareil digestif, m'sieur ! ai-je fait en toisant le prof.

Il a sursauté. Surpris que la gentille, la docile, la délicate Lucile ose lui répondre.

Pardon ? J'espère que j'ai mal entendu, mademoiselle Boulivier ? s'est-il étranglé.

– Je crois que j'ai parlé clairement, j'avoue que cette affaire de tuyauterie, ça me gave un peu. À la limite de l'indigestion !

Sous la table, Malika commençait à me balancer des coups de pied dans les chevilles pour que je me taise.

Dans le bataillon de nos profs, Fourmont est plutôt une bonne pâte. Il nous aime autant qu'il apprécie ce qu'il tente de nous enseigner, seulement, c'est lui que j'avais sous la main ce lundi après-midi.

– J'aimerais que vous changiez de ton, Lucile ! Je veux bien entendre que mon cours, la matière, le sujet ne vous passionnent pas, mais rien ne vous autorise à me parler de la sorte…

– Qu'est-ce que je risque, m'sieur ?

Toute la classe me regardait incrédule.

À ma droite Susie murmurait entre ses dents :

– Arrête, Lucile ! Tu délires ! Arrête ! Il va te saquer ! pendant que Malika continuait à s'acharner sur mes mollets et mes chevilles.

– Le droit de me présenter vos excuses à la fin de l'heure. Il me semble que ce serait le minimum, ma chère Lucile, a souri le prof, surpris par mon insistance et mon audace.

– C'est tout ? C'est tout ce que je risque ? Ben non, je ne vous présenterai pas mes excuses, monsieur !

Un souffle de désapprobation a parcouru toute la classe. Même Lawak, qui n'est jamais en panne pour amuser la galerie, se sentait dépassé.

Un silence de deux mille tonnes est tombé sur moi. Les regards volaient du prof à ma table. Susie se taisait et Malika avait arrêté de s'acharner sur mes jambes.

– Non, Lucile, vous ne risquez plus rien ! Vous venez de décrocher ce qui vous pendait au nez ! Apportez-moi votre carnet de liaison. Je vais expliquer à vos parents pourquoi, mercredi après-midi prochain pendant deux heures, vous viendrez travailler sur cet appareil digestif qui vous met dans un tel état. Maintenant je ne veux plus vous entendre.

Yes !

4

– On se calme, Sonia ! a murmuré mon père au milieu de l'ouragan qui soufflait depuis l'entrée des avocats vinaigrette sur la table.

– Comment ça, on se calme ? Deux heures de colle... À douze ans, ça promet pour la suite !

– Maman, c'est un accident, je te promets, c'est juste un accident.

Mais maman n'entendait rien. Strictement rien.

– Un accident ? Deux heures de retenue, mercredi prochain, en plein pendant ton cours de danse avec mademoiselle Fabrezan ! Je vais appeler le collège demain, pour prendre rendez-vous avec le principal et négocier.

– Négocier quoi ? Tu veux aller les faire à la place de ta fille ? Étrange modèle d'éducation, ma chérie…

– Je veux qu'elle les fasse, le double s'il le faut, mais pas pendant sa répétition de danse. Surtout pas !

– Maman, tu ne fais pas ça ! Surtout pas ! T'imagines pour qui tu me ferais passer ?

– Tu vas passer pour une élève qui a un impératif absolu ! Une fille qui doit représenter son pays devant le monde entier le 26 juin prochain à Babel City ! Une jeune fille qui ne peut pas, absolument pas, manquer un seul instant de ce cours mercredi.

– M'man, je peux rater un cours de danse. Mademoiselle Fabrezan est très contente de mes prestations. Avec Fatou et Sabine, nous sommes en avance sur les autres. Elle l'a répété vendredi dernier à la fin de la séance. Je t'assure, je ne suis pas en retard.

– Et toi, bien sûr, tu ne dis rien.

Désespérée, elle s'est tournée vers papa qui jouait à faire tanguer la pelure de son demi-avocat dans sa coupe en grès à l'aide de sa fourchette.

– Un peu vert cet avocat, en tout cas le mien, je ne sais pas pour les vôtres, mais celui-ci, ce n'était pas ça…

– C'est tout !? C'est tout ce que tu trouves à dire, Gildas ?!

– Passe-moi ta coupe, Lucile, je vais chercher le soufflé au fromage, je pense qu'il est prêt, a répondu calmement mon père sans regarder sa Sonia.

– Gildas, je te parle ! Ta fille revient du collège avec deux heures de colle, elle va rater son cours de danse mercredi et toi, tu changes de sujet.

Il était déjà dans la cuisine et ouvrait le four. Il en est revenu un instant plus tard, tenant un plat en pyrex de ses mains gantées des maniques bleues en forme de Marge Simpson.

– Gildas !?

– Attention, c'est super chaud.

– Gildas !

– Lucile, ton assiette s'il te plaît.

– Gildas, tu te moques de moi ? Non, monsieur ne dit rien, parce que monsieur ne pense rien.

Papa a respiré un grand coup. Quelque chose de lourd est resté en suspension au-dessus de la table. Quelque chose de plus brûlant encore que le soufflé fumant.

– Jamais ! Je ne me moque jamais de toi ou alors juste parfois un petit peu, quand je sais que cela t'amuse ou te fait plaisir, ou rosir, ou les trois... Mais pas là.

Papa brandissait la cuillère de service et m'avait rendu mon assiette un peu trop pleine. Je n'ai pas osé protester.

– Et si Sonia, malgré ce que tu prétends, je pense... Mais avant de te dire ce que je pense, est-ce que je peux te poser une question, ma chérie ? Quel est le plus gros problème selon toi ? Que Lucile soit punie pour un comportement que je ne tolérerai pas deux fois, ou bien qu'elle rate son cours de danse mercredi prochain ?

– Mais… Les deux… Les deux ! a bafouillé maman, surprise par le ton glacial que venait d'utiliser mon père.

– Tu en es sûre ?

– Qu'est-ce que tu veux dire ? Je t'en prie, va jusqu'au bout de ta pensée !

– Je pense à cette chorégraphie et je pense que la pression est trop forte. Et je pense aussi, Lucile, que tu n'as pas intérêt à revenir une autre fois avec un mot semblable sur ton carnet. Je pense que tu ajouteras une véritable lettre, pas deux ou trois lignes, une vraie lettre d'excuses à ton prof de SVT. Je pense que tu la recommenceras autant de fois qu'il le faudra jusqu'à ce qu'elle me convienne, car je t'assure que je la relirai avant que tu la signes et que tu la lui donnes en main propre. Je pense que ces deux heures de colle te feront le plus grand bien. Et que rater la répétition mercredi ne posera aucun problème. Je pense aussi que j'en ai marre d'entendre ce foutu *Boléro* de Ravel tous les soirs beugler à tue-tête dans ma maison. Je pense qu'il n'était pas indispensable, Sonia, que tu fasses les recherches sur le Net pour nous passer les clips de toutes les chorégraphies qui ont été montées sur cette musique depuis qu'elle a été composée.

– Mais, je… Enfin Gildas, c'était pour le bien de…

– Je pense que je suis fier comme un paon que ma fille danse dans un peu plus d'un mois pour l'ouverture des JO, que je mettrai en route tous les graveurs de DVD possibles pour enregistrer la cérémonie, que moi aussi j'en ai parlé à l'usine à mes collègues, mais pas en brandissant des banderoles partout, sous le nez de tout le monde et à longueur de temps.

– Gildas!!!

– S'il te plaît, ma chérie, tu voulais savoir ce que je pensais. Alors, voilà, je pense que, pour que ma fille danse dans les meilleures conditions, il n'est pas nécessaire de lui ajouter une pression de douze mille tonnes sur les épaules, et je pense que, si elle ne dansait pas, je serais toujours aussi fier d'être son père, heureux de vivre avec les deux plus belles femmes du monde. Je pense que… que tu devrais me passer ton assiette, ma chérie, parce que le soufflé retombe !

– Des… des… des banderoles ?

– Ton assiette, mon amour !

5

Jamais aucune élève n'avait été aussi heureuse de venir effectuer deux heures de colle !

Sans mentir, j'avais fait fort, très fort. Peut-être un peu trop.

Il faut dire que la voie était libre. Je ne risquais pas de croiser mes camarades de classe. Cet après-midi ensoleillé du mois de mai donnait envie de tout, sauf d'aller s'enfermer dans une salle de permanence du collège.

Maman était absente pour la journée. Une des agences immobilières pour lesquelles elle travaillait en intérim l'avait réquisitionnée pour la journée. Si elle m'avait vue sortir ainsi pour exécuter ma punition, elle aurait évidemment hurlé, compris qu'il y avait quelque chose, mais quoi, hurlé encore, téléphoné à toutes ses copines pour leur parler de sa fille, à papa pour qu'il rapplique séance tenante... et hurlé pour que je file me changer et me démaquille sur-le-champ.

Oui, j'avais fait fort.

J'avais choisi un chemisier en soie rouge suffisamment transparent qui tombait juste à mi-cuisse sur des leggings noirs au liséré de dentelle.

L'un mettait parfaitement en valeur ma petite poitrine pas aussi ridicule que je le laissais entendre à Malika et Susie, l'autre faisait selon moi éclater la délicate courbure de mes jambes. Avec des chaussures ajourées à petits talons, je considérais l'effet très réussi.

Mais là où je m'étais le plus appliquée c'était pour mon maquillage.

J'avais passé une heure dans la salle de bains à choisir et poser le rose du fond de teint qui sonnerait en accord parfait avec mon chemisier, le garance aussi éclatant que mes lèvres, l'azur qui soulignerait mes paupières. J'avais fini en aiguisant les contours de mes yeux à l'aide du rimmel le plus noir que j'avais trouvé dans la panoplie de maman.

Ce mercredi en début d'après-midi, je n'étais pas une simple élève filant faire deux heures de colle sur l'appareil digestif, j'étais Lucile s'apprêtant à monter les marches du palais du festival de Cannes pour recevoir son Prix d'interprétation des mains de Jérémy en personne. Un jeune premier bien plus craquant que tous les Sam Marx et tous les Flavio Madiran.

Oui, la veille, Susie avait laissé tomber tout espoir au sujet de son saxophoniste depuis qu'elle l'avait vu butiner une grande bringue de sa classe. Elle avait posé aussitôt son dévolu sur ce Flavio Madiran, un autre élève de troisième qui, selon elle, devait avoir la peau du même velours que le regard, ou le contraire, je ne savais plus trop...

Irrésistible, voilà exactement le mot qui convenait. J'étais irrésistible!

Je dois avouer que je n'étais pas complètement à l'aise dans cet accoutrement à mon arrivée au collège. Je ne voulais provoquer personne, sinon les pupilles de Jérémy Deveaufleury.

En tout cas, je n'ai pas allumé celles de Tesson. Il m'a à peine remarquée lorsque je suis arrivée dans la salle de permanence. Le pion trônait à son bureau et avait préparé pour son après-midi toute une collection de revues. Devant lui, à côté d'une boîte de chewing-gums destinés à tromper son envie de fumer, était ouvert un numéro de *Voiles et vents*. Un exemplaire de *Carénages de mer* et deux autres de *Plaisante plaisance* attendaient qu'il leur accorde son attention.

– Va t'asseoir et mets-toi au travail, Boulivier ! m'a lancé le faux loup de mer en se replongeant très vite dans ses cartes marines et ses petites annonces de Zodiac.

Cinq élèves étaient déjà installés dans la salle. Parmi eux se trouvaient Cédric et Abdelmalik, les deux arroseurs complices de Jérémy. Tesson les avait séparés. Si les trois autres, des quatrièmes, avaient attaqué leurs devoirs ou faisaient semblant, Cédric au premier rang et Abdelmalik deux rangs derrière se passionnaient pour les boulettes de papier mâché collées au plafond par des mitraillages successifs de sarbacanes.

J'ai trouvé très encourageant que les deux copains de Jérémy abandonnent l'étude astronomique du plafond pour me suivre du regard avec une curiosité heureuse et admirative jusqu'à une table du fond que je venais de choisir près de la fenêtre. S'ils avaient remarqué mes efforts, leur copain serait subjugué.

J'avais choisi cette place en calculant que si Tesson ne voulait pas voir Jérémy à proximité de ses complices, il l'enverrait au fond, non loin de moi. Bonne élève, j'ai sorti mes cahiers et mon livre de SVT.

Pour la forme, car tout était prêt. Mon cours et mon devoir sur l'appareil digestif, je les avais revus et rédigés dès le lundi soir à la maison et il ne me restait plus qu'à recopier ce travail exigé par le prof. Cela ne me prendrait pas plus d'une demi-heure. La veille, sous l'œil vigilant de mon père, j'avais écrit ma lettre d'excuses à Fourmont. Une vingtaine de lignes polies que papa n'avait validées qu'à la deuxième mouture, après que j'avais corrigé les fautes sans avoir le droit d'utiliser le correcteur d'orthographe de mon ordinateur.

J'avais du temps et j'ai sorti la surprise que j'avais préparée pour Jérémy. Car ce n'était pas uniquement dans la salle de bains et devant les miroirs de ma chambre que j'avais organisé ces deux heures que nous devions passer ensemble. Il allait voir à quel point j'étais non seulement craquante – c'était évident –, mais aussi la plus géniale et serviable des filles !

Confiante, j'ai attendu en parcourant la quinzaine de pages que j'avais glanées à son intention sur Internet. Tesson lui avait donné un devoir sur le développement durable et le gaspillage de l'eau, qu'à cela ne tienne, tout était là, rédigé, mitonné, organisé comme le plus parfait des exposés ! Un dossier complet que je n'avais pas eu de mal à rassembler pour lui hier soir. Un vrai cadeau, et il ne manquait plus que Jérémy pour le recevoir...

Seulement, Jérémy tardait, et j'ai commencé à m'inquiéter.

Tout ce temps était pour lui, uniquement pour profiter de sa proximité et qu'il profite de ma présence. Pour cela, il fallait encore qu'il rapplique ! Sinon, rien, absolument rien de ma rébellion face au prof, de mes efforts vestimentaires et de maquillage, rien de mes recherches sur le Net n'aurait de sens.

Qu'il se dépêche ! Bon sang, qu'il se dépêche ! À quoi bon une telle mise en scène de l'actrice, si le public n'est pas au rendez-vous ?

Je me suis désespérée vingt minutes qui m'ont paru des heures.

Les regards insistants de Cédric et Abdelmalik qui se retournaient sur moi commençaient à devenir trop pesants. J'avais déjà pratiquement terminé de recopier mon cours. Les glandes salivaires, l'œsophage, l'estomac, les sucs gastriques, le gros intestin, l'intestin grêle, j'avais effectué tout le rallye de n'importe quelle bouchée de pain qui se respecte, quand le capitaine Tesson a levé le nez vers l'horizon en refermant sa première revue.

– Dites, les deux zouaves, vous pensez vous y mettre aujourd'hui ou vous voulez revenir la semaine prochaine avec votre copain Deveaufleury ?

J'ai sursauté. Ma bouchée de pain est restée coincée quelque part dans « la tuyauterie », entre œsophage et estomac.

– Mais, m'sieur, j'suis dedans ! J'suis en plein dedans ! a déclaré Cédric, outré, devant sa page blanche.

– Et tu diras à ton camarade qu'il a intérêt à me présenter un mot d'excuse valable pour justifier son absence d'aujourd'hui.

– Il est malade, m'sieur, je vous l'ai dit tout à l'heure... a murmuré Cédric. Il allait chez le toubib cet aprèm.

– J'espère pour lui que c'est vrai, parce que sinon je lui double le tarif, ça aussi, tu pourras le lui dire.

– Oui, m'sieur !

L'horreur, l'abomination de l'ennui, du vide, du silence, de l'absence et du non-sens a duré encore une heure et demie. J'ai terminé mon calvaire en scrutant le boulevard et en écoutant bruisser la vie pleine d'éclat, au-dehors. Quelque part en ville, Jérémy Deveaufleury patientait dans une salle d'attente.

Au centre social, Sabine et Fatou à qui j'avais téléphoné pour expliquer mon absence organisée, et qui avaient trouvé cela « remarquable », dansaient sur le *Boléro* de Ravel sous les encouragements de Mlle Fabrezan. Ailleurs des élèves de mon âge, amoureux, s'embrassaient sur les pelouses des parcs le long du fleuve, d'autres chattaient sur MSN ou prenaient le soleil sur des terrasses baignées de lumière et d'espoir, partout on vivait sauf dans cette salle ! Et moi, « remarquable » et « irrésistible » idiote, j'avais tout fait pour venir m'y morfondre comme une pierre.

J'ai terminé mon calvaire en essayant d'ignorer les ricanements d'Abdelmalik et de Cédric qui se préparaient un torticolis à lorgner mon chemisier trop écarlate et trop transparent et en m'usant les rétines à compter à mon tour les boulettes du plafond. J'ai abandonné à quarante-huit.

6

– Bonjour… Euh… Voilà… J'ai quelque chose… Euh… Pour toi !

Il était penché sur l'antivol de son vélo et le libérait pour repartir. Nous étions vendredi et j'étais en retard. Mais je m'étais lancée. Je devais aller jusqu'au bout sinon je savais à quel point, ce week-end, je me détesterais de ne pas avoir osé l'aborder.

– Oui ? il a dit en se redressant, surpris.

Il grimaçait et j'avoue avoir confondu sa grimace avec un sourire qui m'engageait à arrêter avec mes « euh » ridicules.

Je me trompais. Il grimaçait parce que le soleil était dans mon dos et le mitraillait en plein visage.

– Tesson t'a donné un devoir à faire sur le gaspillage de l'eau et le développement durable…

– Oui, mais je…

Pas question de le laisser parler. J'avais répété mon texte aussi bien que mes enchaînements sur le morceau de Ravel. S'il me coupait, je me savais capable de perdre mes moyens.

– Alors le voilà ton devoir ! J'ai fait des recherches sur Internet et j'ai organisé ce que j'ai trouvé en chapitres. Je t'ai tout imprimé. Tu verras, les pages 9 et 10 sont les plus simples et les plus claires. Tu n'auras qu'à les recopier en les arrangeant à ta façon.

J'ai dégluti et il en a profité pour tenter de s'immiscer dans la conversation.

– Mais…

Je l'ai coupé à nouveau avec le petit mensonge que j'avais prévu.

– J'ai eu le même devoir à faire en cours, enfin sur le même sujet. Alors je me suis dit que c'était bien de s'entraider.

J'ai glissé d'autorité le dossier entre ses mains et j'ai enfin osé le regarder en face. À voir l'ombre de ma tête sur son visage, j'ai pensé que non seulement je lui évitais l'insolation mais qu'il devait me voir entourée d'un joli halo de lumière. Sainte Lucile... Normalement, dans mon scénario, à cet instant précis, il répondait quelque chose. De gentil, si possible.

– Ben... Je ne sais pas trop quoi te dire, j'avais prévu de recopier celui de Cédric... il a bredouillé.

– J'ai eu 16 à ce devoir ! ai-je continué à broder comme si j'étais en train de lui vendre une meilleure marchandise que son copain.

Il suffisait qu'il dise « merci », même du bout des lèvres. Il devait bien avoir ce mot dans son dictionnaire.

– Tu sais, t'aurais eu 20 à ton devoir, c'est pas le problème. Tesson est pion, pas prof. C'est peu probable qu'il le lise, ce machin ! a ricané Jérémy sans se décider à refermer ses doigts sur les feuilles que je tenais toujours.

« Ce machin » ? Qualifier ainsi un dossier parfait sur lequel j'avais transpiré toute une soirée, j'ai trouvé ça un peu dur. Alors il venait ce « merci », ce « t'es une fille géniale » ou ce « tu sais, personne n'a jamais eu une aussi merveilleuse attention pour moi ». Je n'allais tout de même pas m'abaisser à tout lui mâcher. Il avait des dents (très jolies d'ailleurs, très régulières) à ce que je pouvais voir.

Mais rien, jamais, rien ne se passe comme on en a rêvé !

Montée des violons.

– Et pourquoi me fais-tu ce cadeau ?

– Tu le sais, Jérémy, ce n'est pas possible que tu ne l'aies pas compris… Ou alors c'est peut-être pour le plaisir de l'entendre… Et si tu veux l'entendre, je te le répéterai autant de fois que tu le voudras ! C'est parce que je t'aime, Jérémy, depuis le premier jour je t'aime !

– Mais c'est merveilleux ! Oui je veux l'entendre, oh oui ! Car moi aussi, je t'aime Lucile ! Je t'observe depuis des semaines. À chaque fois que je te vois, mon cœur s'emballe et je tremble ! De peur et de plaisir à la fois ! De peur de ne savoir te le dire, de plaisir tant tu me troubles !

Envoyez un peu de cuivres. Un peu, pas trop…

Là, il laissait enfin tomber son antivol, me prenait dans ses bras en froissant mes feuilles. Il me caressait la joue délicatement, comme s'il était le peintre et moi le modèle, et enfin…

Plus fort les cuivres maintenant !

… enfin, il m'embrassait fougueusement, sans se préoccuper un seul instant des ricaneurs qui passaient autour de nous dans le garage à vélos, de Tesson que le principal venait enfin de se décider à licencier définitivement, de Susie et Malika qui comprenaient que ce n'était plus la peine de m'attendre à l'arrêt de bus…

Après, les horloges s'arrêtaient !

Il restait avec moi, assis sur un banc du square Verne, celui qui se trouve au bout du boulevard. Il me demandait de lui raconter ma vie et il m'écoutait. Il me détaillait la sienne, et chapitrait chacune de nos confidences par un baiser langoureux.

Tout l'orchestre en douce montée.

La caméra recule dans un joli travelling arrière. En s'éloignant du banc, on découvre les allées du parc, la fontaine Wallace, quelques passants (dont une maman avec poussette et un vieux monsieur très digne lançant des miettes de pain aux oiseaux).

La caméra recule toujours. On s'élève dans le ciel. On voit le boulevard, le quartier, la ville, la région, le pays, la terre…

Générique de fin.

En gros, ça devait se passer ainsi. En gros…

Hélas, le silence et la gêne, qui est parfois sa sœur jumelle, se sont installés entre nous. Sans doute parce que ce malaise était aussi insupportable et pesant pour Jérémy que pour moi, il s'est décidé à le rompre, mais pas pour dire ce que j'espérais.

– De toute façon, mercredi prochain, c'est férié. Ces deux heures de colle, je les ferai dans quinze jours, et encore… si je les fais. Mais c'est sympa quand même.

Il a daigné fourrer la liasse de feuilles dans son sac.

J'ai bien senti qu'il faudrait me contenter de ça.

– Tu m'excuses, mais je suis un peu à la bourre, il a ajouté comme on donne le coup de grâce.

– Moi aussi, moi aussi, j'ai rendez-vous avec Maurice Ravel, ai-je bégayé aussitôt, comme si j'avais eu besoin de m'excuser.

J'avais envie d'être n'importe où sauf dans cet endroit avec lui. Mais il a dit :

– Lucile, c'est ça ?

Il connaissait mon prénom ! La vie reprenait un peu de sens, l'air un peu d'oxygène et le ciel un peu de bleu.

Jérémy avait déjà enfourché son vélo. Il s'est arrêté à deux mètres de l'allée qui menait vers la sortie, le boulevard et son week-end, il s'est retourné vers moi.

– T'as quelqu'un en ce moment ? il a demandé.

– D'une certaine façon ! ai-je répondu du tac au tac, sans réfléchir et en lui décochant mon plus joli sourire.

Bon sang, il connaissait mon prénom ! Bien sûr que j'étais avec quelqu'un, puisque j'étais avec lui et qu'il savait comment je m'appelais sans que j'aie eu besoin de le lui dire.

Il est parti.

Je suis restée là, dans l'allée du garage à vélo, en lévitation, style gonflée à l'hélium, sans doute vingt bons centimètres au-dessus du sol. Béate et gourde à la fois. Et puis, très vite je suis retombée.

Et s'il n'avait pas compris que celui que j'avais dans la tête à longueur de temps, qui m'accompagnait dans tout ce que j'entreprenais, dans tout ce que j'espérais, c'était lui et personne d'autre ?

J'aurais dû courir pour le rattraper...

Et s'il avait compris que je sortais avec un certain Ravel, prénommé Maurice ?

J'ai paniqué. Mais il était trop tard pour rectifier les choses. Et j'avais effectivement rendez-vous avec Ravel. Il m'attendait, sans doute de pied ferme, au centre social avec sa grande copine, Mlle Fabrezan.

J'ai foncé.

7

– Plus tendue, la jambe ! Attention, Lucile, tu as un demi-temps d'avance. Katia, qu'est-ce que c'est que ce bras qui pend vers le sol, tu creuses ? Tu cherches du pétrole ? Bien, c'est mieux, mais n'oublie pas tes pieds. En pointe… En pointe, pas en portemanteau, tes pieds ! Allez, on ouvre grand, gracieuses… gracieuses, j'ai dit… plus gracieuses, les filles… Vous êtes des oiseaux, pas la patrouille des éléphants…

Bien, très bien… Trois, quatre… jusqu'au bout, la traversée. Attention, jusqu'à la dernière note… Ouvert Milou, plus ouvert, le torse ! Bien. On se redresse pour le salut… Attention… Maintenant ! Voilà… C'est pas mal ! Et quand on salue devant cent mille personnes et je ne sais combien de milliards de téléspectateurs, on sourit. Fatou, on n'oublie surtout pas de sourire, cela me semble un minimum…

– J'ai souri, mademoiselle.

– Je parle d'un sourire, pas d'une grimace, Fatou, d'un sourire.

Ce vendredi-là, Grace Fabrezan nous avait obligées à répéter les enchaînements une bonne dizaine de fois. À chaque reprise, elle nous ordonnait de changer de place pour que nos voisines soient différentes et que nous n'ayons aucun problème à nous intégrer lors des regroupements à Babel City avec les cent quatre-vingt-huit autres danseuses. On commençait sérieusement à saturer.

Et puis ce vendredi, en fin d'après-midi, même si nous étions parfaitement au point,

Maurice Ravel avait un goût amer pour moi.

Je n'arrivais pas à m'ôter de la tête que Jérémy avait peut-être mal interprété ma réponse et qu'il s'imaginait que c'était le nom d'un éventuel rival.

– Tout le monde connaît Maurice Ravel ! m'avait murmuré Fatou au début du cours, en s'épongeant le visage. En plus, un type qui s'appelle Maurice, t'imagines... Y a que mon grand-père qui pouvait avoir des copains avec un prénom pareil, tellement ça fait périmé, limite avarié !

Sans doute ma copine essayait-elle de calmer mes inquiétudes, mais je n'étais pas complètement rassurée.

Cette idée m'avait occupé l'esprit pendant tout le cours et bien davantage que les consignes de Mlle Fabrezan maintes fois répétées. J'avais dansé en pilotage automatique. Je connaissais mes enchaînements sur le bout des doigts de pieds et de mains, je pouvais me le permettre.

Je rectifierais auprès de Jérémy et il comprendrait.

– Avant que vous filiez, les filles, je voulais vous montrer vos costumes ! a déclaré notre professeur alors que nous rassemblions nos affaires pour nous diriger vers les douches et les vestiaires. J'ai reçu hier soir ces photos par Internet et je les ai imprimées. Ce sont les responsables de la cérémonie qui me les ont envoyées, par Internet, a-t-elle répété encore une fois. L'impression n'est pas parfaite, j'ai un problème d'imprimante.

Armées de nos serviettes, nous nous sommes rassemblées toutes les douze autour d'elle. Les deux clichés qu'elle brandissait fièrement étaient rayés de bandes grises et jaunes horizontales. Il fallait faire preuve de pas mal d'imagination pour reconnaître des costumes sur les feuilles que Mlle Fabrezan avait posées devant elle sur le sol.

– Vos costumes seront en couleur ! Les cinq couleurs olympiques ! a-t-elle précisé comme pour s'excuser. Là, on ne voit pas bien, c'est mon imprimante qui déraille.

C'était donc ainsi, en short moulant de couleur, dans un chemisier dont le froissé imitait le plumage d'un oiseau, coiffée d'un serre-tête rappelant une aigrette, que je danserais dans un mois pour Jérémy Deveaufleury.

– S'il te regarde ! a osé me souffler Fatou.

– Tout le monde regardera, alors il regardera, sinon je lui crève les yeux ! ai-je répliqué sans être sûre qu'il s'agissait d'une plaisanterie.

– Ouais, ça me paraît un minimum ! a répondu ma copine d'un ton tout à fait convaincu.

Le samedi, j'ai téléphoné chez les seuls Deveaufleury que j'avais trouvés dans l'annuaire. Heureusement cela a été rapide, Jérémy ne s'appelait pas Martin ou Dupont.

Sa mère m'a expliqué qu'il était sorti, mais, plutôt que de rappeler, j'ai préféré la charger de lui dire simplement que « Lucile avait cherché à le joindre ».

Je lui aurais bien fait répéter la phrase, mais je n'ai pas osé.

Le lendemain, après un déjeuner dominical chez mes grands-parents où la moitié de la conversation à table – tout particulièrement à cause de maman – a été encombrée par ma future « gloire olympique », j'ai rédigé une carte postale représentant une danseuse balinaise sur un coucher de soleil.

Je comptais la lui remettre dès mon retour au collège le lendemain. Le message était bref, clair et net :

Hélas lundi, Jérémy n'était pas au collège. Ni mardi. Un des élèves de sa classe m'a expliqué qu'il avait eu une crise d'appendicite, qu'il allait être opéré si ce n'était déjà fait et qu'on ne le reverrait pas avant la mi-juin.

Je me suis fait violence pour ne pas appeler à nouveau chez lui. Je me suis contentée de poster mon courrier.

Il comprendrait, il ne pouvait pas ne pas comprendre.

La fin du mois de mai et le début du mois de juin sont passés à une vitesse incroyable.

Avec Mlle Fabrezan, nous avons effectué deux voyages en train à Babel City. Nous y rejoignions les 188 autres danseuses. Lors de nos deux séjours dans la capitale, on nous a rassemblées dans un stade de la banlieue, pour des répétitions générales qui permettaient de nous attribuer les places que nous occuperions pendant la cérémonie d'ouverture des Jeux.

Lors de notre deuxième voyage, nous avons essayé nos costumes, j'ai hérité d'un joli bleu des mers du Sud. J'ai songé que je n'avais aucune idée de la couleur préférée de Jérémy, mais que, s'il comprenait enfin ce que je lui avais écrit, la couleur de mon costume n'avait aucune importance. Oui, mais Jérémy n'avait donné aucun signe de vie…

Aucune de ces répétitions ne me posait le moindre problème. Je connaissais mes pas et mes enchaînements par cœur. J'avais beau ne pas être musicienne, j'avais l'impression que je pouvais dorénavant chanter avec n'importe quel instrument de l'orchestre ce morceau de Ravel que j'avais bien dû entendre douze milliards de fois depuis qu'un jour d'avril la lettre de notre sélection était arrivée à la maison et que maman était entrée en transe.

Sans doute parce que j'étais plutôt une bonne danseuse, on m'avait attribué une des places sur le côté de la piste, devant la tribune présidentielle où se rassembleraient les dirigeants et les têtes couronnées de tous les pays. Mais, placée ici ou là, que m'importait, le seul prince qui compterait serait devant son poste de télévision ce soir-là...

On nous a expliqué aussi comment nous devions marquer la haie d'honneur pour les athlètes qui entreraient dans le stade, une demi-heure environ après notre prestation. Ce n'était pas compliqué. Il nous suffirait d'agiter de petits fanions arc-en-ciel, placées à quatre-vingts centimètres les unes des autres. On nous a fait visionner plusieurs fois le film de la chorégraphie des athlètes qui nous précéderaient afin de bien visualiser notre entrée autour de la pyramide humaine. Tout était répété à de nombreuses reprises, clair, précis et au fond assez simple pour une danseuse aguerrie comme moi.

Trois de mes camarades n'avaient jamais mis les pieds à Babel City et, autant que notre « mission olympique », se retrouver dans la plus grande ville du pays les excitait et les rendait si joyeuses. Dans le bus, le métro, elles mitraillaient absolument tout avec leurs appareils photo neufs et ont insisté pour acheter des cartes postales souvenir. Moi aussi, mais pas pour les mêmes raisons.

– C'est pour Jérémy?

Fatou avait choisi une tasse sérigraphiée à l'effigie du célèbre papillon Abbabely au tabac journaux de la gare centrale, à la fin de notre premier séjour, juste avant que nous prenions le train du retour.

– Tu le sais bien… ai-je soupiré.

– Mais il ne t'a même pas appelée ! Pas même envoyé une lettre… Peut-être que…

– Il était malade et il prend son temps, c'est tout ! l'ai-je coupée sèchement.

Dans ce même tabac journaux, j'ai choisi une carte représentant les quais du fleuve traversant Babel City. J'ai simplement griffonné dessus avant de la poster sur le quai :

J'espère que tu vas mieux.
Ici, j'ai pensé à toi.
Pas seulement ici…
L.

De notre deuxième voyage je lui ai envoyé une photographie du Babel City Stadium.

J'aimerais tant que tu me regardes le 26 juin, et pas seulement le 26 juin.
L.

ai-je écrit avant de la glisser dans une enveloppe décorée des anneaux olympiques.

On trouvait ce genre de cartes absolument partout en ville, avec mille autres babioles aux couleurs olympiques ou imprimées d'Ababely qui avait poursuivi son invasion du pays.

À présent, plus rien d'autre que ces Jeux ne semblait exister au monde. Comme si les inondations, les tornades, les problèmes politiques, les grèves dans les usines, la santé des stars, celle de leurs hamsters de compagnie… comme si tout était moins important.

Juste avant que nous regagnions la gare pour rentrer, Mlle Fabrezan a absolument tenu à nous faire passer devant le stade en bus pour que nous le découvrions avant l'ouverture.

– Ainsi vous serez plus à l'aise quand vous entrerez dedans le 26, a-t-elle affirmé, très contente de sa petite surprise.

Seulement, quand le bus a remonté l'immense mail et qu'enfin le gigantesque paquebot ovale hérissé de mâts vertigineux s'est dressé devant nous, lorsque nous avons découvert les écailles d'acier qui recouvraient le monstre et s'irisaient au soleil couchant, une véritable bouffée d'angoisse a noué nos ventres. C'était autre chose que ce que montrait la carte postée à Jérémy, plus impressionnant que tout ce que nous avions imaginé.

– Personne ne nous verra, tellement c'est grand ! a dit Myriam.

– Il y aura des caméras partout ! a répondu Fatou.

– Punaise, on n'a pas intérêt à se perdre, là-dedans ! a murmuré Marina assise derrière nous.

– Ça vous a plu, les filles ! C'est grand, n'est-ce pas ? J'espère que vous êtes contentes et fières ! a fredonné Mlle Fabrezan qui semblait très satisfaite de nos répétitions. Je savais bien que ça vous plairait...

Nous sommes restées silencieuses durant les deux heures de retour chez nous.

Dans deux semaines, nous reviendrions pour le grand jour.

À présent j'avais hâte !

Hâte de le revoir. Hâte de danser aussi. Il faut dire que maman accentuait sa pression. Moins souvent avec le *Boléro*, mais en m'étourdissant de recommandations mille fois répétées. Elle se mettait à faire du Mlle Fabrezan à sa manière. Elle aussi augmentait son taux déjà élevé de – doubles – recommandations.

À la télé, chaque soir, le décompte des jours qui nous séparaient de l'ouverture des Jeux la mettait en transe. Lorsque mon bulletin de notes qui annonçait mon passage en quatrième est arrivé, elle m'a offert le téléphone portable que je négociais avec elle depuis des mois. Je ne suis pas sûre qu'elle l'ait fait pour me féliciter de résultats qui étaient juste dans la bonne moyenne.

– Comme cela, tu pourras prendre des photos le 26 au soir et on pourra s'appeler dès que tu auras dansé. Ce grand jour, ce soir exceptionnel, ce moment dont tu te souviendras tout le restant de ta vie, je serai la première à t'appeler pour te féliciter, ma chérie.

Peut-être pas la première, maman. Peut-être pas la première…

8

Le 26 juin n'était donc pas qu'un nombre et une case dans le calendrier. Nous y étions presque. « Le jour de gloire », c'était demain!

Seulement, j'avais tellement attendu un autre jour exceptionnel, je m'étais tant préparée à une autre gloire, une autre conquête... Celle de Jérémy.

Elle n'avait pas eu lieu. Mais j'espérais encore. Peut-être n'étais-je qu'une rêveuse naïve, seulement je ne voulais pas ressembler à ma copine Susie qui changeait d'amoureux possible toutes les semaines (aux dernières nouvelles, elle plaçait ses nouveaux espoirs sur le fils de la boulangère, un certain Arnaud Sète au sourire enjôleur). Pour moi, il y avait Jérémy et personne d'autre ! Après tout, s'il n'avait pas dit oui, il ne m'avait pas non plus renvoyé mes courriers en m'expliquant que je faisais fausse route. Mais je craignais que maman ait raison, et que ce ne soit pas Jérémy qui me téléphone pour me féliciter. Ni en premier ni en dernier…

Avec lui, rien ne s'était passé comme je l'avais espéré. Il avait tardé à revenir au collège, mais j'avais du mal à envisager que ses complications de santé l'empêchent de m'écrire un petit mot, de faire un signe. Je n'avais pas voulu me ridiculiser en l'appelant. Alors, j'avais attendu, espéré, et je m'étais détestée à devenir cette Pénélope qui guette un signe d'un Ulysse qui n'était toujours pas le sien.

Tout de même, sur les conseils avisés de Malika et Susie que j'avais fini par mettre dans la confidence, je m'étais permis un dernier signe. Par courrier, j'avais envoyé à Jérémy mon numéro de téléphone portable tout neuf pour qu'il y dépose un message, une réponse, quelque chose qui m'aide à moins désespérer. Juste dix chiffres, mon prénom, mon nom et mon adresse parfaitement calligraphiée au dos de l'enveloppe. Car je m'étais rendu compte que chacun de mes courriers précédents étant signé L, et qu'il était capable de les avoir attribués à une Louise, une Lola, ou une Luciféra de sa classe...

J'ai attendu, rien n'arrivait, à croire qu'il ne voulait pas comprendre, qu'il en aimait une autre, ou qu'il était idiot à brouter les mauvaises herbes des allées du square Verne où j'avais tant rêvé le retrouver en cachette.

Pas question d'en faire plus. Je risquais de passer – à ses beaux yeux, comme à ceux beaucoup moins craquants de ses copains – pour une imbécile, prête à tout et sans amour-propre, et je possédais encore un peu de fierté.

– On ne peut forcer personne à nous aimer ! avais-je déclaré deux jours plus tôt à Susie en sortant de cours.

– Bien sûr que si ! avait-elle répondu d'un ton outré, elle qui n'avait toujours pas été embrassée par un seul de ses soixante-douze mille espoirs masculins du trimestre.

Je mens quand je dis que je n'espérais plus et que j'avais tiré le rideau sur cette histoire dont la première page n'avait jamais été imprimée. J'avais réussi à obtenir son numéro de téléphone portable, grâce aux stratagèmes de Susie auprès d'Abdelmalik et au réseau personnel et très étendu de Malika.

Piètre victoire. À quoi me servait d'entrer le prénom et le nom de Jérémy Deveaufleury sur mon répertoire, si je n'avais aucun espoir de voir s'afficher ses coordonnées sur le cadran de mon mobile ?

Nos répétitions étaient devenues quotidiennes. Au collège, les cours se terminaient, les conseils de classe de la fin d'année étaient achevés depuis un moment, nous étions en roue libre, et après mon week-end de « gloire » à Babel City, je ne reverrais presque plus mes camarades avant septembre. Je n'allais pas gâcher mes vacances pour un imbécile qui ne comprenait rien. Déçue, j'étais cruellement déçue, amère aussi, et triste, et sombre, et parfois abattue... sauf quand je réussissais à l'oublier, mais j'en étais rarement capable. Danser dans le Babel City Stadium plein comme un œuf me semblait un exploit plus facile à réaliser que de renoncer à lui.

Et puis, il a appelé ! Pas sur mon portable. À la maison. Le 25, en fin de journée.

– C'est bien toi, le L des cartes postales ? a-t-il demandé après s'être présenté à maman qui a eu la délicatesse de ne pas lui réclamer des comptes sur l'objet de son appel, sur la teneur des relations qu'il entretenait avec sa fille, sur ses projets d'avenir, avec moi ou globalement dans la vie.

– Oui, je pensais que tu avais compris ! ai-je réussi à répondre dans un souffle qui tenait autant de la crise d'asthme que de la panique.

– Je m'en doutais un peu... Mais tu joues à quoi ?

– Je ne joue pas... ai-je fait aussi paniquée qu'offusquée.

– Et Cédric alors ?

– Qui ça ?

– Cédric, mon pote Cédric ! Je ne comprends pas à quoi tu joues, il a dit à nouveau.

Le ton était un peu sec.

– Mais...

– Il n'arrête pas de me répéter que tu l'as allumé à fond pendant vos heures de colle. Depuis, il nous saoule avec toi !

La télé me raconte chaque soir que des erreurs d'aiguillage peuvent provoquer les plus graves accidents ferroviaires. J'étais tout simplement victime d'une erreur d'aiguillage. Mais la vie reprenait un peu de sens. S'il n'avait pas fait signe, ce n'était que pour préserver les intentions amoureuses et imaginaires de son copain. Pour respecter une histoire qui n'en était même pas une. Cet idiot de Cédric avait flashé sur ma petite personne, ce n'était pas mon problème, cela ne me concernait pas, sinon que ce malentendu avait rendu hermétique un Jérémy que j'avais attendu chaque jour.

– Cédric, je ne lui ai jamais adressé la parole, je l'ai croisé ce jour-là, mais c'était toi que j'attendais, espèce d'imbécile !

La crise d'asthme allait se transformer en crise cardiaque. On passait des bronches au cœur, je suppose que c'était logique. Je me sentais complètement perdue.

– T'es sûre ? a-t-il osé demander comme une confirmation de diagnostic.

– Si je suis sûre ? Mais il faut que je te l'explique comment ? Je ne sais même pas te dire avec précision la couleur des cheveux et des yeux de ton copain. Par contre pour les tiens... Oui, là, je peux... Je peux te parler de l'émeraude de tes pupilles, de la fossette sur ta joue gauche quand tu prends un air sérieux, de ta façon si particulière de caresser le lobe de ton oreille quand tu réfléchis. Comment tu éternues dans ton coude pendant les matches de basket et comment tu t'éponges le front avec l'avant-bras... Je peux...

– Je suis désolé, je n'avais pas compris. Je croyais que Cédric...

– Arrête immédiatement avec Cédric ! lui ai-je hurlé dans les oreilles.

Je me sentais outrée, limite humiliée.

– Je te rappellerai... Excuse-moi... il a fait.

Sans me souhaiter bonne chance pour le lendemain, sans me promettre de me regarder à la télé. Sans rien d'autre. Il a raccroché comme on demande un délai de réflexion.

J'ai bien dormi, sans rêver de lui, ni du *Boléro*, sans passer mon temps à attendre un autre appel sur mon portable. Sans savoir si j'en voulais plus à Cédric ou à Jérémy.

Nous nous étions toutes levées à l'aube et papa m'avait accompagnée à la gare. Sur le quai, alors que Mlle Fabrezan, qui ne cherchait pas à cacher son stress, nous intimait l'ordre de rejoindre immédiatement notre compartiment, il m'avait murmuré à l'oreille :

– Sois fière de toi, ma Lucile ! Le plus important n'est pas d'être forte, mais d'être soi-même. Alors écoute-moi bien, je sais que tout sera parfait, mais si tu ne dansais pas aussi parfaitement que pendant tes répétitions, n'oublie pas que, ta mère et moi, nous t'adorons, ma danseuse olympique. Nous sommes très fiers de toi. Mais je suis fier de ma fille avant d'être fier de ma danseuse…

Depuis plus d'un mois, lui et maman – surtout maman – avaient essayé de décrocher un billet d'entrée pour assister à la cérémonie de ce soir, hélas, toutes les places étaient vendues depuis au moins un an et mes parents se contenteraient de regarder à la télé, comme tout le monde, le spectacle que la presse annonçait grandiose. Comme mes grands-parents, comme toute la famille, comme la boulangère de *La flûte enchantée*, les caissières du supermarché, les collègues de papa, de maman, tous ces gens auxquels elle avait seriné depuis des semaines, chaque jour, chaque instant, que, ce soir, sa fille dansait.

Jérémy aussi regarderait sans doute. Mais l'idée qu'il se lève pour aller chercher un verre d'eau à la cuisine pendant que se déroulerait notre chorégraphie me terrifiait.

Nous avons traversé Babel City dans un car spécial. Notre capitale grouillait d'une foule immense et joyeuse de badauds et de touristes, certains arborant des costumes bigarrés de leurs contrées, d'autres avaient revêtu le déguisement d'Abbabely et battaient des ailes sur les trottoirs.

– Le monde entier est venu pour les Jeux! s'est exclamée Fatou en me poussant frénétiquement du coude.

Assise à côté de moi, le nez collé à sa fenêtre, elle semblait aussi joyeuse qu'impressionnée.

– Pour nous voir danser… a renchéri Christina accroupie sur le siège derrière nous.

Elle avait bien dû prendre une centaine de photos en vingt minutes de trajet.

Nous avons rejoint un immense gymnase au village olympique, à deux kilomètres du Babel City Stadium. C'est là que nous allions attendre l'heure de notre entrée dans le stade et de notre prestation. Lumineuse sous un ciel azur sans nuage, la ville était magnifique, envahie des nuées de son incontournable papillon fétiche, parée des drapeaux de tous les pays du monde, lavée et brossée, comme prête pour un rendez-vous amoureux. Et dans le gymnase a commencé notre attente…

– C'est une belle, une magnifique journée, les filles ! Une journée complètement extraordinaire.

Mlle Fabrezan ne l'avait dit que cinquante fois dans le train et à une vingtaine de reprises dans le car. Elle avait raison, l'été resplendissait partout, sauf que nous devinions que notre professeur de danse ne parlait pas de la météo ou du ciel avec de pareils trémolos dans la voix.

Le problème, c'est que l'angoisse de Mlle Fabrezan avait décuplé depuis notre entrée dans le gymnase. Elle risquait de rendre notre attente encore plus interminable.

– Vous vous rendez compte, les filles ? Vous vous rendez vraiment compte ?! répétait-elle à notre petite troupe rassemblée dans un coin des gradins.

Au bout d'un moment, nous nous sommes contentées de hocher la tête tristement pour lui répondre.

Les autres groupes se sont installés au fur et à mesure de leur arrivée. Nous ne connaissions pas vraiment les filles qui danseraient avec nous, nous les avions simplement croisées lors des répétitions générales, et nous ne nous mélangions pas très facilement avec elles. La plupart semblaient aussi conscientes que nous de la responsabilité qui pesait sur leurs épaules. Certaines se la jouaient très professionnelles et descendaient des gradins pour se lancer dans des exercices d'échauffement ou d'étirement sur le parquet du terrain de hand-ball. Près de huit heures avant notre entrée dans le stade, cela me semblait assez prématuré.

Un peu avant midi, toutes les danseuses étaient arrivées et le gymnase n'était plus qu'une ruche surchauffée où l'on s'entendait à peine. Pour nous aider à patienter, les organisateurs diffusaient des vidéos sur un écran géant mais quelle déception, il s'agissait de films sur la construction du Babel City Stadium et sur l'histoire des Jeux olympiques à travers les siècles…

– C'est tout ce qu'ils ont trouvé ? C'est nul ! a pesté Fatou. On va rester ici pendant des heures ! Tu parles d'une distraction…

– Une série d'épisodes des *Simpson* ou de *Dr House*, ça aiderait autrement mieux à passer le temps ! a approuvé Marina.

– Ne stressez pas, les filles, c'est instructif comme programme. Surtout ne stressez pas ! a continué à nous inquiéter Mlle Fabrezan.

– Je ne stresse pas, je dis que comme divertissement, y a mieux, c'est tout ! a répondu Fatou.

J'étais tellement d'accord avec mes copines.

Personne n'aime attendre ! Ni aux caisses du supermarché ni dans la queue du cinéma. Je n'avais pas davantage aimé attendre que Jérémy comprenne ce que j'éprouvais pour lui ; j'avais cru mourir en attendant maman un soir à la sortie de l'école primaire et qu'elle était arrivée une bonne vingtaine de minutes en retard. Personne n'aime attendre et je suis comme tout le monde.

Même si j'étais persuadée que nos dix minutes de chorégraphie et notre soirée au bord de la piste pour accueillir les athlètes balaieraient ces heures interminables dans ce gymnase, comme les autres, je ne pouvais m'empêcher de regarder toutes les cinq minutes les aiguilles de la grande horloge. Elles semblaient tourner au ralenti.

Pendant que nous pique-niquions dans le gymnase, des livreurs ont apporté de grands portants métalliques sur lesquels nos costumes étaient suspendus, rangés dans des housses transparentes numérotées. Leur arrivée a été accueillie par de grands éclats de joie. Mais une des organisatrices qui courait dans tous les sens avec un talkie-walkie a aussitôt annoncé au micro :

– Mesdemoiselles, les costumes ne seront remis que deux heures avant notre montée dans les bus pour le Babel City Stadium. Vous aurez le temps de vous maquiller après.

– Ne vous inquiétez pas les filles, nous serons prêtes à l'heure, ne vous inquiétez pas ! a commenté Mlle Fabrezan.

– À sept heures du spectacle, il faudrait vraiment le faire super exprès pour être en retard ! a murmuré Fatou en piquant de sa fourchette dans le taboulé que je venais de lui échanger contre une de ses barres de céréales.

– C'est sûr, ai-je acquiescé la bouche pleine.

– Mesdemoiselles, nous organiserons une petite répétition vers seize heures, pour que vous puissiez vous mettre en jambes ! a repris la voix au micro.

– Punaise, encore une répétition... Si elle savait à quel point j'en ai marre de ce *Boléro* ! a soufflé Fatou à Magali.

Je me suis tournée vers mes copines. Surprise, je les ai interrogées du regard. C'était la première fois que l'une de nous osait ouvertement critiquer ce morceau. Nous avions parlé de tout, des costumes, des JO, de notre fatigue, de nos difficultés, de nos progrès, de la fierté de nos parents... Moi si discrète, j'avais même confié à Fatou mes espoirs au sujet de Jérémy, mais jamais au grand jamais nous n'avions osé critiquer ouvertement le *Boléro* de Ravel.

– Ben quoi, ça t'étonne ? m'a demandé Fatou en me fixant de ses beaux yeux sombres.

– Non pas du tout, mais...

– Franchement Lucile, t'en as pas ras-le-bol, toi ? Pas de la danse, mais de cette musique ?

J'ai regardé Fatou. À côté d'elle, Sabine, Marina et Magali ne perdaient pas une miette d'une question qui semblait les concerner au plus haut point. Pendant qu'elles attendaient ma réponse, Magali s'est amusée à fredonner, avec une mimique ridicule, les mesures répétitives du *Boléro*.

– Je t'en prie, tais-toi, tu veux bien, lui a ordonné gentiment Marie.

Je me suis lancée en confiance.

– C'est bien simple, je n'en peux plus ! J'avoue qu'au début je trouvais ce morceau magnifique. À la fois doux et puissant.

Un mélange de gaieté et de gravité. Seulement à force, c'est devenu comme une tache d'encre indélébile... C'est bien simple, aux dernières répètes, parfois j'en ai eu mal au ventre tellement ce *Boléro* me gave !

– Moi c'est pareil ! a fait Sabine, rassurée par ma réponse. C'est devenu l'horreur. Je pensais que c'est moi qui n'étais pas normale et j'avais la trouille de l'avouer.

– Je n'ai pas calculé, ai-je repris, mais entre les répétitions et ma mère qui le passait en boucle à la maison, j'ai bien dû l'entendre mille fois en moins de cent jours.

– En tout cas, ce Ravel, après ce soir, entre lui et moi, c'est fini pour des années ! a rigolé Magali. Allez, plus que quelques heures... Mais silence, les filles, a-t-elle chuchoté en désignant Mlle Fabrezan, sinon on est bonnes pour le psychodrame.

Je n'ai pas pu m'empêcher de penser un peu tristement qu'entre Jérémy et moi, tout était sans doute terminé sans avoir jamais commencé. Mais les rires de mes camarades m'aidaient à supporter la chaleur et les commentaires de Mlle Fabrezan qui, heureusement, n'avait rien entendu de notre échange et continuait à nous prodiguer dix conseils à la minute.

– Surtout essayez de vous détendre, les filles. Tout à l'heure nous ferons une petite séance de relaxation et de massage. Se détendre, c'est la chose essentielle avant de tout donner, la chose la plus importante !

Dans son genre, Mlle Fabrezan était une grande comique. Elle nous intimait l'ordre de nous détendre dans l'endroit le moins propice à la sérénité ou au calme. Elle avait l'air cent fois plus crispée que nous et n'arrêtait pas de nous expliquer que l'ouverture des Jeux olympiques, c'était une autre paire de manches que le gala de fin d'année sur la scène du théâtre de la maison de quartier. Elle a ajouté que toutes les télévisions du monde seraient là pour nous filmer et qu'elle avait assisté à l'arrivée des chefs d'État à la télé, la veille, et vu un reportage sur le déploiement de l'armée de terre et de l'air autour de Babel City.

Elle jugeait utile de préciser que même si nous avions l'impression d'être des petites fourmis parmi des milliers d'autres, même si les athlètes qui s'étaient installés dans le village olympique depuis quinze jours étaient les vraies vedettes, l'avenir du pays reposait malgré tout en partie sur nos épaules ! Qui sait, du monde entier…

Et puis, elle a terminé en déclarant joyeusement que, bien sûr, elle nous faisait entièrement confiance et que Maurice Ravel serait fier de nous s'il pouvait nous regarder danser sur son magnifique *Boléro*, que la petite répétition prévue tout à l'heure nous ferait le plus grand bien. On aurait dit ma mère, mais en double.

Au secours !

9

Se détendre ? On n'arrivait même pas à s'entendre, dans ce gymnase. À s'entendre et à respirer…

La chaleur était suffocante et c'est dans cette étuve que nous avons fait trois filages à la suite de notre chorégraphie. Tout était impeccable, pour les autres comme pour moi, j'étais au point au millimètre, j'aurais pu danser les yeux fermés ce *Boléro* qui me sortait justement par les yeux. J'aurais pu l'enchaîner sans la musique tellement je le connaissais par cœur.

J'avoue que j'ai espéré, malgré tout, que petite fourmi, on me voie à la télé. Pas pour que maman hurle de joie, que mes grands-parents versent une larme, que nos amis me reconnaissent, ou que la caissière du *Super U* comprenne qu'on ne lui avait pas menti, non, pour que Jérémy me voie, me trouve belle et regrette, et se dépêche. Il avait dit « je rappellerai », oui mais quand ?

Dans moins de quatre heures, nous danserions ce *Boléro* pour la dernière fois, ce serait l'aboutissement de nos efforts depuis des mois. Ensuite, comme l'avait dit Magali pendant le pique-nique, adieu Ravel, et pour un bon bout de temps !

Mlle Fabrezan trépignait peut-être un peu moins à cause de la chaleur. Mais dressée au milieu de ses douze danseuses, elle continuait à veiller sur nous comme une maman ourse sur ses petits.

Toutes les dix minutes, elle nous conseillait de boire pour nous hydrater et, sans attendre que nous ayons terminé nos réserves, elle filait régulièrement au bout de la salle s'approvisionner en bouteilles d'eau minérale fournies gracieusement par un partenaire commercial des Jeux. Après elle revenait à la charge.

– Qui veut encore de l'eau ?

Évidemment, au bout d'un moment, pleines comme des outres, nous n'avons plus répondu et elle a pris nos silences pour des signes d'angoisse.

– Ne vous inquiétez pas les filles, tout se passera à merveille !

– On n'est pas trop inquiètes, ai-je répondu.

– Tu sais Lucile, tu as le droit d'avouer ton inquiétude ! Ce n'est pas honteux ! a répliqué Mlle Fabrezan en me tendant une petite bouteille.

– Non, non, ça va, je vous assure ! Ce qui est pénible, c'est d'attendre ! Ça, c'est vraiment atroce ! j'ai dit délicatement pour ne pas la stresser davantage.

– Voyons Lucile ! Je sens bien que tu t'angoisses, mais c'est tout à fait normal ! Cent mille personnes sont en train de s'installer dans le stade et on a évalué à plus de cinq milliards le nombre de téléspectateurs qui vous regarderont danser. Comment ne pas vous sentir nouées ! Je vous comprends. À votre place, j'aurais les mêmes appréhensions…

Et du coup, celles qui ne l'étaient pas encore commençaient à sentir monter l'angoisse. Sabine piquait du nez, Magali essayait de se passionner pour les vidéos qui passaient en boucle sur l'écran et d'autres essayaient de s'isoler en vissant les écouteurs de leur MP3 sur leurs oreilles pour écouter n'importe quoi sauf le *Boléro*. Une championne dans son genre, Mlle Grace Fabrezan…

De temps en temps, avec l'accord de Mlle Fabrezan, pour nous dégourdir les jambes et aussi à cause de tout ce que nous avions bu, nous filions aux toilettes par groupe de trois ou quatre. Fatou m'accompagnait à chaque fois. Enfin, je dis les toilettes, mais, au fil du temps, cela ne ressemblait plus du tout à des toilettes dignes de ce nom. À force de passages, les sanitaires du gymnase étaient devenus des pataugeoires surpeuplées où il fallait faire une queue interminable. Et une fois arrivées enfin devant la porte tant attendue, c'était l'horreur ! Les toilettes étaient devenues tellement immondes que, dégoûtées, nous étions nombreuses à refuser de les utiliser. En tout cas moi, j'en étais incapable.

Lorsque l'écran géant de la salle a commencé à diffuser des images en direct de l'intérieur du stade, le brouhaha s'est estompé pour laisser la place à des chuchotements alors que nous observions ces tribunes déjà bien remplies.

Enfin, le grand moment arrivait et nous allions sortir de cet endroit surchauffé où nous avions attendu si longtemps.

Il restait encore deux heures, mais Mlle Fabrezan et les autres entraîneurs nous ont demandé d'enfiler nos costumes. Il fallait compter que le trajet en bus jusqu'aux coulisses du Babel City Stadium prendrait une bonne vingtaine de minutes et il n'était pas question de s'y présenter en retard.

J'ai adoré ce moment de préparation. Solidaires les unes des autres, nous nous aidions à découvrir ces costumes neufs sortis de leurs housses, à les enfiler. Fatou rectifiant un pli ici sur ma hanche, Marina me demandant à quoi elle ressemblait avec son serre-tête, Sabine ayant besoin d'aide pour enfiler son collant. Nous étions douze filles se préparant à aller au bal, sous l'œil avisé de Mlle Fabrezan qui se transformait en maquilleuse experte dès que chacune d'entre nous était prête.

Une délicate application de fond de teint sur le visage, du rouge sur chaque joue, un tour des yeux au crayon noir, un peu de gloss sur les lèvres, un coup de brosse dans les cheveux avant de les saupoudrer de paillettes argentées et dorées et d'enfiler définitivement notre aigrette en serre-tête... C'était agréable, efficace et rapide.

Sur les écrans, le stade continuait à se remplir.

Dans mon costume d'oiseau des îles du Sud, tout allait parfaitement bien pour moi. J'étais une jolie danseuse, pas stressée – en tout cas beaucoup moins que mon professeur – pas seulement une danseuse, mais une princesse que Jérémy Deveaufleury allait admirer. L'idée qu'il rate ma prestation est soudain revenue et m'a paru insupportable ; alors, j'ai décidé de l'appeler.

– Si tu n'oses pas lui parler, je te prends en photo avec ton portable et tu lui envoies ! a proposé Fatou, jamais en panne d'une bonne idée.

– Non, je préfère lui dire…

Il n'a pas décroché et j'ai eu droit à sa messagerie.

– C'est Lucile. Je voulais te dire que je pensais à toi et que j'aimerais vraiment que tu regardes le tableau 12 de la cérémonie d'ouverture. Je sais, je te l'ai déjà dit, enfin, écrit… Hier quand tu as appelé, je voulais t'expliquer ça aussi, mais… Enfin voilà, j'aimerais vraiment beaucoup que tu regardes.

J'ai raccroché.

– Parfait ! a validé Fatou d'un pouce levé de connaisseuse.

J'ai failli rappeler, histoire d'entendre encore sa voix décliner son message. J'ai préféré m'abstenir.

Des princesses, ce devait être le mot juste puisque, quelques instants plus tard, l'organisatrice a annoncé au micro :

– Mesdemoiselles, vos carrosses, enfin les cars pour le stade, vous attendent ! Excellent spectacle à vous toutes !

10

Cela n'avait rien à voir avec ce que nous avions regardé sur l'écran du gymnase ! Rien !

Si le Babel City Stadium nous avait semblé impressionnant lorsque Mlle Fabrezan nous l'avait montré lors de notre dernier voyage de répétition, ce soir, paré de ses atours de lumière et résonnant du spectacle d'ouverture qui avait commencé, il nous est apparu magnifique et gigantesque. Un vaisseau spatial colossal dans lequel nous allions entrer et dont nous sortirions changées à jamais.

Le silence qui a envahi le car alors que nous approchions du monstre en disait long sur l'émotion qui venait de s'emparer de ses passagères. Fatou, assise à mes côtés, s'est contentée de poser la main sur mon avant-bras, cela valait tous les discours. Même Mlle Fabrezan se taisait.

Après avoir passé de multiples barrages de sécurité gardés par la police et des vigiles arborant des tee-shirts à l'effigie d'Abbabely, on nous a fait descendre sur un parking non loin de l'entrée J. Je n'ai pas pu m'empêcher de songer que l'initiale de Jérémy m'accompagnait jusque dans cet endroit retranché.

Et s'il n'écoutait pas mon message !

L'entrée J. Un long tunnel d'une soixantaine de mètres qui courait sous les tribunes et débouchait sur le bord de la piste. On nous avait décrit le parcours, il était simple. Cinquante d'entre nous devaient entrer par là pour la chorégraphie. Les autres danseuses étant postées aux entrées C, F et L.

– Les filles du tableau n° 12, avancez ! Allez mesdemoiselles ! Vous êtes belles comme des cœurs, à vous de faire battre celui du public qui vous attend, a lancé un type muni d'un mégaphone.

Merci, m'sieur, mais pour faire battre le cœur de Jérémy, c'est par où ?

Je me suis engouffrée dans le tunnel. À ce moment-là, presque malgré moi, j'ai failli demander à Mlle Fabrezan qu'elle me rende mon portable que, comme quatre autres filles, je lui avais confié et qu'elle avait rangé dans son grand sac de sport. Juste un instant, juste un appel, avant de rentrer dans l'arène... Je me suis abstenue. Il fallait que je me concentre à fond sur ma chorégraphie « que le monde entier attendait » comme disait maman.

Nous sommes arrivées au bord de la piste et avons attendu le signal. L'anneau des tribunes était rempli à craquer. Il résonnait du spectacle qui battait son plein depuis déjà une heure.

Sur des écrans géants, placés aux quatre coins du stade, étaient diffusées les images du spectacle filmées depuis deux hélicoptères ou par des caméras qui se baladaient sur des filins d'acier tendus au-dessus du terrain.

À chaque seconde, partout, éclataient les mille lucioles des appareils photos de milliers de spectateurs qui voulaient fixer ce moment mémorable. Jamais je n'avais rien vu d'aussi impressionnant de toute ma vie. Mlle Fabrezan avait raison, jamais une occasion pareille ne se représenterait pour aucune d'entre nous. J'ai aussi songé à maman, à sa fébrilité. À présent je la comprenais et elle ne me semblait plus, mais alors vraiment plus du tout ridicule.

J'ai parfaitement senti, sans avoir besoin de les observer, que mes copines étaient saisies par la même émotion. Fatou avait fermé les yeux et agitait les mains fébrilement le long de son corps pour chasser son angoisse. Aussi impressionnée que nous, Mlle Fabrezan s'est contentée de marmonner, autant pour elle que pour nous :

– Ça va aller, les filles, ça va aller !

Avec Fatou et Sabine, j'ai repéré sur notre droite la tribune d'honneur jusqu'à laquelle nous devrions bientôt courir pour nous placer.

Bien sûr que ça irait !

Des tambours résonnaient avec une incroyable puissance pour soutenir un rock d'anthologie alors que trois cents gymnastes dans des costumes blancs occupaient le centre du stade. À l'aide de grands tissus, dans un accord parfait, ils ont d'abord dessiné un labyrinthe compliqué qui a ravi le public. Puis un enchaînement d'images de vagues projeté sur le sol a donné l'illusion qu'ils marchaient sur l'eau et que leur labyrinthe flottait sur l'océan. Le résultat était mille fois plus puissant et plus beau que les films que l'on nous avait montrés lors de la dernière répétition pour nous expliquer ce qui précéderait notre enchaînement.

Je me suis sentie fière et bouleversée d'être là.

Une partie de ces trois cents athlètes devaient terminer leur tableau en construisant la plus grande pyramide humaine jamais réalisée au monde. Alors ce serait à nous, enfin, de nous envoler autour de cette construction humaine qui devait rester en place pendant notre chorégraphie.

– Ça va aller les filles, ça va aller, a répété la voix crispée de ma prof dans notre dos.

Bien entendu que ça allait aller... Pas seulement pour qu'elle aussi soit fière, mais parce que nous avions conscience de notre responsabilité et de l'honneur qui nous était fait d'avoir été choisies. Autant qu'elle, nous voulions que tout se déroule impeccablement.

La pyramide avait déjà deux étages…

S'élancer et ne penser à rien d'autre que danser et sourire au cas où, par chance, l'une des caméras s'arrête sur moi. Sourire en espérant que Jérémy… Non, ne pas penser à lui.

Le quatrième étage de la pyramide a été acclamé par des hourras. Au cinquième, cent mille personnes ont retenu leur souffle de peur de la faire tomber, et cela jusqu'au septième étage.

J'ai pensé à papa qui enregistrait la soirée. Pour plus de sécurité il avait demandé à une partie de la famille de faire de même. On regarderait cette immense cérémonie ensemble et pendant des années. Susie, Malika… Tout le quartier savait que j'allais danser. M. Fourmont, le prof de SVT, Tesson, le chien de garde du collège, Mme Foissac la boulangère de

La flûte enchantée. Les caissières de notre supermarché, le garagiste de maman, tout le monde… Tout le monde savait et c'était incroyablement enivrant. Ce soir, il n'y avait personne dans les cinémas du pays, le seul spectacle qui méritait d'être vu se déroulait au Babel City Stadium, et j'y étais ! Tout le monde… Même Ellen Pompeo, mon idole, l'actrice qui jouait le rôle de Meredith Grey dans la série *Grey's Anatomy* devait être devant sa télé en Amérique, malgré le décalage horaire. Elle, et tant d'autres au fin fond des déserts, au bord des trois grands océans de la planète, les habitants des villes les plus gigantesques et ceux perdus dans des chalets de montagnes lointaines, le monde entier… Pourvu que Jérémy aussi !

Bien sûr qu'il l'avait eu, mon message… Bien sûr qu'il regarderait… Pour lui, malgré lui, j'allais me surpasser !

Huit étages, c'était si haut ! Alors que dire de l'émotion du public lorsque les athlètes ont grimpé au sommet pour construire le neuvième puis le dixième étage de la pyramide ?

J'ai ressenti un petit pincement au ventre au moment où le dernier athlète a déployé un drapeau olympique au onzième et dernier étage de la tour. Une douleur ridicule, exactement en bas du ventre. J'ai songé que c'était le trac, bien sûr. Un stade plein comme une ville, qui acclame à tout rompre, est plus puissant que tous les feux d'artifice du monde.

Le pincement a continué.

Juste le trac, rien d'autre, ça allait passer…

Et puis, les projecteurs se sont éteints quelques instants et immédiatement après, sur un très joli enregistrement de chants d'oiseaux, ils se sont rallumés pour éclairer notre entrée.

– À vous les filles… Ça va aller, ça va aller, a lancé Mlle Fabrezan comme si nous pouvions avoir oublié que nous avions rendez-vous avec la planète entière.

Comme prévu, Magali s'est élancée la première. Fatou l'a suivie.

C'était à moi.

J'ai pris la plus profonde inspiration possible et je suis entrée dans la lumière en essayant de ne penser à rien d'autre qu'à ce que j'avais à faire.

Et là, brusquement, en prenant ma place et ma posture devant la tribune d'honneur, j'ai su que ces neuf minutes et trente-sept secondes allaient être le pire calvaire de ma vie. Il était trop tard pour reculer, les autres danseuses bruissaient derrière moi comme prévu.

Elles ont levé les bras en V de victoire, comme pour affirmer « Vous allez Voir ce que Vous n'avez jamais VU ! », moi aussi. Aussi bien qu'elles. Ont agité les mains, tout comme je l'ai fait. Seulement, moi je sentais la catastrophe monter. J'ai essayé de sourire et de ne pas regarder, à une trentaine de mètres devant moi, dans la pénombre, la présidente de notre République et les chefs d'État, les rois, les reines qui l'entouraient dans la tribune officielle.

Ravel a envoyé son ultime *Boléro*.

J'ai commencé à danser, comme je l'avais fait si souvent et comme je savais parfaitement le faire, mais j'ai compris avec effroi que je venais d'entrer en enfer…

11

Le trac !

Il m'est tombé dessus comme un orage d'été, brusquement. Le genre de ceux qu'on ne sent pas trop arriver ou dont on imagine qu'il ne tombera certainement pas sur nous. Le trac, la pression et peut-être aussi cette cochonnerie de *Boléro* de Ravel qui revenait une dernière fois.

J'avais souvent affirmé à Susie et Malika que le trac ne m'avait jamais saisie alors que j'avais eu l'occasion de danser presque une heure sans quitter la scène, devant la salle pleine du centre social, et que je ne voyais pas comment à peine une dizaine de minutes de chorégraphie pouvaient me déstabiliser. Je me trompais.

À peine ai-je entendu les premières mesures de Ravel que j'ai senti la nausée monter du fond de mon estomac. J'avais bien ressenti cette petite douleur tout à l'heure pendant les filages du gymnase, mais cette fois-ci était la fois de trop ! C'était une nausée puissante, qui s'est transformée en une crampe atroce et qui m'a submergée. Un haut-le-cœur a mis ma gorge en feu.

Je faisais mes mouvements, je les connaissais parfaitement, tous, je lançais mes jambes, j'effectuais mes roulades et mes courses, mes pointes allaient en accord avec mes pas chassés, mes jetés, mais j'exécutais mes enchaînements comme une marionnette, pas comme une danseuse archipréparée et totalement concentrée. Et le sourire qui fendait mon visage était celui d'une pauvre fille tentant – mal, de plus en plus mal – de gommer le reflux de ces litres d'eau absorbés pendant nos heures d'attente dans le gymnase.

Je n'avais qu'à suivre les enchaînements en essayant le mieux possible de me calmer et de me retenir. Je n'allais tout de même pas me mettre à cracher ou pire, à vomir, là devant la présidente de la République, ses invités prestigieux et cent mille spectateurs, sous des projecteurs qui nous poursuivaient à tour de rôle pour montrer au monde entier à quel point nous étions gracieuses et belles quand nous dansions !

Dans mon dos, la pyramide humaine était toujours là, si imposante. À ma gauche Fatou dansait, à ma droite, Marina, mais je me sentais seule. Si seule. Cette construction que j'avais trouvée merveilleuse quelques instants auparavant me donnait à présent le vertige. Me terrorisait.

Je ne trouvais rien qui m'aide à calmer ma douleur au ventre. Je ne pouvais compter que sur moi.

Ça ne marchait pas !

« Tu iras aux toilettes tout à l'heure ! Tu peux bien te retenir quelques minutes… Tu n'as plus trois ans… Allons Lucile, quelques minutes ! »

Ça ne marchait pas du tout !

Au contraire. Plus je résistais, plus j'avais envie. Je sentais les litres d'eau minérale cogner dans ma vessie pour réclamer une sortie.

Une sortie immédiate !

J'ai essayé de penser à Jérémy pour me donner de la force et du courage. Erreur fatale ! Je ne savais pas s'il avait écouté mon message… S'il s'était levé de son canapé pour aller boire ou pour aller… aux toilettes…

Je n'aurais jamais dû laisser mon esprit s'envoler dans cette direction. Surtout pas !

J'avais mal et ne pensais plus qu'à cela. Je commençais à être légèrement en retard sur les enchaînements. J'ai paniqué de ce décalage.

Et plus je paniquais, plus mon envie devenait pressante.

Il aurait fallu contracter mes muscles du bassin, mais comment faire alors que je devais sauter, lancer mes jambes, tourner, sauter encore, me réceptionner et me redresser. J'aurais voulu hurler, mais je fermais la bouche, les yeux, comme pour me rendre hermétique et empêcher toute fuite…

C'était inutile. Rien ne pouvait plus freiner cette poussée puissante qui sonnait dans le bas de mon ventre.

Il n'en finirait donc jamais, cet interminable *Boléro* de Ravel !

Là, si je ne faisais pas pipi, immédiatement, j'allais mourir ou exploser, ou les deux !

J'ai eu l'impression que tout le stade ne voyait que moi et ma douleur et les quelques gouttes d'urine qui venaient de s'échapper de mon short d'oiseau des îles.

Quand j'ai compris pourquoi j'avais ce sentiment insupportable d'être observée par tout le monde, j'ai cru m'évanouir. Sur les écrans géants placés au sommet des tribunes du stade, on me voyait, en gros plan, en train de danser, les yeux baignés de larmes !

Pourquoi de toutes les caméras installées autour de nous... ?

Pourquoi moi ?

Pourquoi à ce moment précis ?

Ça a été la panique totale !

Jérémy Deveaufleury... Ellen Pompeo... Maman... Papa... Mes grands-parents... Toute la famille... Mme Foissac... M. Fourmont... Susie, Malika, tous mes camarades de classe... Le monde entier... L'horreur absolue !!!

Cinq milliards de téléspectateurs… Dix milliards d'yeux… Je ne savais pas ce que cela représentait vraiment. Je ne suis pas certaine que j'aurais été capable d'écrire cinq milliards avec le bon nombre de zéros. Mais partout dans le monde, dans des pays dont je ne connaissais même pas les noms, que je ne savais pas placer sur une carte, des gens regardaient cette tache sombre s'agrandir sur mon costume, observaient l'inondation. Oui l'inondation, parce que, maintenant, ça sortait en même temps que mes larmes…

J'ai eu l'impression que cela durait, durait, durait une éternité. Les onze étages de la pyramide humaine et les cent quatre-vingt-dix-neuf autres oiseaux virevoltant autour étaient moins visibles que la gigantesque auréole sombre en bas de mon costume et le ruissellement le long de mes jambes. Aussi gigantesque que ma honte.

Rien, jamais… rien ne se passe comme on le prépare ni comme on l'espère.

12

Dans mes pires cauchemars, j'avais parfois imaginé que je partais à l'école en oubliant de mettre ma jupe, ou pire, ma culotte. Que, dans un tramway ou un bus, je me retrouvais subitement toute nue, seule, devant les passagers et si loin de chez moi, perdue, sans même un mouchoir pour me cacher. Mais ce soir, je ne rêvais pas. La musique de ce maudit *Boléro* de Ravel emplissait l'enceinte du Babel City Stadium et mes jambes trempées me brûlaient vraiment.

Quant à Jérémy Deveaufleury, cette fois-ci, il aurait d'excellentes raisons de m'ignorer, et si par hasard nos regards se croisaient, je n'y lirais plus que le surnom dont lui, comme les autres, ne manquerait pas de m'affubler : « la pisseuse des Jeux olympiques ».

Maman, elle, n'oserait plus acheter du pain chez Mme Foissac, ni les brioches du dimanche matin, ni rien d'autre...

Papa devrait sans doute démissionner de son travail parce qu'il était le père de « la souillon ». Il chercherait ailleurs, mais n'en retrouverait nulle part sous prétexte qu'il était hors de question d'embaucher le père de « cette horreur de gamine », celle qui s'était laissée aller devant la présidente et ses invités si glorieux. Peut-être se mettrait-il à boire. Il deviendrait une loque humaine et perdrait sa dignité.

Notre vie était fichue, la mienne et celle de ma famille qui avait trop claironné que Lucile danserait devant le monde entier. S'ils avaient su !

Je les avais déshonorés. Pour moi, la fin du monde avait une date, c'était ce soir !

J'ai continué à danser, pas seulement parce qu'à présent soulagée je n'avais plus mal, mais simplement parce que je n'avais pas le courage de sortir du rang pour m'enfuir me cacher dans ce tunnel J, si loin, si inaccessible.

Je me sentais perdue en pensant que papa, maman et moi ne pourrions même pas nous exiler ailleurs. Car à l'autre bout du monde, au fin fond du désert de Patagonie, quelqu'un pourrait, en me voyant, s'écrier dans une langue inconnue en me montrant du doigt à ses copains :

– Hé, les gars, vous avez vu, la gamine, là-bas. C'est la pisseuse des Jeux olympiques ! Mais si, les mecs, regardez, celle qui s'enfuit en courant avec ses parents…

– Où ça ? Qui, la petite, tu crois ? demanderait un autre en ricanant.

– Bien sûr que c'est elle ! T'as raison ! Vous vous souvenez comme on avait bien rigolé ce soir-là ! s'exclamerait un troisième avec un mélange de mépris et de malice dans la voix.

Et Mlle Fabrezan, est-ce qu'elle attendrait d'être revenue dans notre ville pour se suicider, ou est-ce qu'elle me tuerait avant ? Elle ne me pardonnerait jamais un pareil affront !

J'ai terminé ma danse, comme un zombie, une morte vivante. Morte de honte et vivante de douleur. J'ai parfaitement entendu Fatou souffler :

– Ouais, on l'a fait, les filles, on l'a fait ! avec toute la fierté et le soulagement possibles dans la voix.

Nous n'avions pas vécu le même spectacle… ni le même soulagement.

Un tonnerre d'applaudissements a accompagné la fin de notre chorégraphie. Le Babel City Stadium s'est alors embrasé d'un feu d'artifice magnifique qui est parti des toits des tribunes pour dessiner une gigantesque couronne dans le ciel d'été. Une couronne de roi...

Moi qui m'étais imaginée princesse, je n'étais qu'une souillon !

Pendant que le monde entier levait le nez pour admirer cette nuit d'été merveilleuse constellée de mille milliards d'étoiles multicolores, nous avons disparu dans l'ombre des coulisses.

À l'entrée du tunnel J, munies des combinaisons que nous devions à présent enfiler pour faire la haie d'honneur aux athlètes de tous les pays, Mlle Fabrezan et d'autres professeurs attendaient leurs oiseaux.

Mes yeux étaient encore trempés de larmes lorsque je suis arrivée devant elle. Si j'avais pu, j'aurais creusé un trou dans le béton du sol pour m'enfouir, pour toujours. Je me suis contentée de rester dans un coin, collée au mur, dans l'ombre, en essayant de me rendre invisible.

Marina et Magali sautaient de joie, Fatou s'est approchée de moi.

– On l'a fait, Lucile, on l'a fait ! Et bien fait !

Trop excitée et trop joyeuse, elle n'a rien remarqué, elle m'a abandonnée aussi vite qu'elle était venue pour se diriger vers les autres. Je les voyais toutes se congratuler pour leur magnifique prestation, entourant gaiement une Mlle Fabrezan qui, rassurée et détendue, les félicitait.

– Bravo les filles, vous avez été sensationnelles ! Vraiment sensationnelles ! Je savais qu'il n'y avait aucune raison de s'inquiéter ! C'était parfait !

Je ne me suis pas rendu compte tout de suite qu'elle répétait ses compliments en stéréo et en me regardant.

– Vous étiez toutes parfaites ! Toutes ! Vous n'imaginez pas à quel point je suis fière de vous, mes puces ! On regardera la vidéo. C'était beau à tomber par terre, a-t-elle répété en déposant une bise sur chaque joue et en nous remettant le sac plastique contenant notre nouveau costume.

Je crois qu'elle a fait exprès de terminer par moi.

Son regard glissait en allers et retours entre mon visage fermé et trempé et la grosse tache sur mon costume de colibri. Elle a souri en me tendant une grande serviette de bain.

Dans le stade et sur les écrans géants, la présidente de la République de notre pays était en train de souhaiter officiellement la bienvenue aux délégations et aux athlètes qui entreraient bientôt dans l'arène olympique. J'ai fixé l'écran de contrôle du tunnel qui diffusait son discours. J'ai tressailli en craignant qu'elle ne présente des excuses au monde entier pour mon attitude lamentable, humiliante, insultante et honteuse. Mais la présidente n'a rien dit à ce sujet.

– C'est incroyable comme tu as transpiré, Lucile ! Incroyable ! Attention à ne pas attraper froid. Sèche-toi bien !

J'ai levé un regard maladroit vers Grace Fabrezan.

– Ce n'est pas de la transpiration, mademoiselle... ai-je murmuré des trémolos dans la gorge. C'est...

Elle m'a arrêtée brusquement en posant la serviette de bain sur mon visage qu'elle a essuyé vigoureusement. Elle s'est baissée pour sécher mes jambes avec énergie. Ensuite, d'autorité, elle a fourré une autre serviette dans mes mains pour que je termine toute seule. Je me suis exécutée sans la quitter des yeux. Dans les siens, il y avait une fermeté et une certitude que je ne lui connaissais pas.

Bien fort, pour que tout le monde entende, elle a déclaré :

– C'est incroyable de transpirer autant, c'est la preuve que tu t'es donnée à fond dans ta chorégraphie ! Bravo Lucile ! Comme les autres, tu as été parfaite !

J'ai entendu mes copines acquiescer joyeusement.

Et puis, en se penchant à mon oreille et en attrapant délicatement mon visage à présent sec de toute larme, Mlle Fabrezan a ajouté :

– Quand tu es passée à l'écran, on ne voyait que ton visage si expressif et tes bras, ma chérie. Rien d'autre. On percevait ton effort de danseuse, ta concentration impressionnante ! Personne n'a rien vu, et moi non plus. Je dis que tu as beaucoup transpiré. On est bien d'accord ?! Je veux que tu sois fière de cette soirée. Toujours ! Il y aura d'autres occasions dans la vie pour avoir honte, un peu ou même beaucoup. Pas aujourd'hui, pas ce soir. Tu as été parfaite ! Tu veux que je le répète ?

C'était comme si elle retirait un clou planté dans mon cœur. J'aurais voulu lui sauter au cou pour la remercier tellement j'avais envie d'être d'accord avec elle ; j'allais me remettre à pleurer, de soulagement cette fois, mais elle s'est redressée et, en me tournant le dos, elle a déclaré à la cantonade :

– Les filles, avant de mettre vos autres costumes, vous me suivez toutes par ici. Il y a une salle d'échauffement avec douche et W-C. Vous avez le temps d'aller aux toilettes, mais juste le temps ! C'est par là ! Allez, on ne traîne pas !

– Tu viens, Lucile ?

Fatou m'attendait.

– J'arrive, ai-je simplement répondu.

C'était mon premier sourire.

Sur l'écran de contrôle, la présidente avait terminé son discours. Deux mille colombes blanches ont été lâchées dans le ciel. J'ai pensé qu'il ne viendrait à l'idée de personne de tirer à la carabine sur l'une d'elles si elle lâchait une crotte pendant son envol devant le public.

– Allez les filles ! On se dépêche, vous n'avez plus que vingt-cinq minutes pour vous changer ! Je vous veux aussi parfaites que pendant le *Boléro* ! On se dépêche !

– Mademoiselle, y a un portable qui sonne dans votre sac, a fait remarquer Eva.

C'était le mien. J'ai immédiatement pensé que maman n'avait pas pu attendre davantage.

Grace Fabrezan me l'a tendu en me répétant encore une fois de me dépêcher.

Jérémy !

Il avait laissé trois textos envoyés pendant le *Boléro* de Ravel.

T super klass

disait le premier.

Jsui super fi R 2 toi é pr toi!!!

affirmait le deuxième.

Le troisième message était arrivé juste à la fin de notre prestation. Il représentait plus que toutes les médailles d'or de la terre, et pas parce qu'il l'avait tapé mot à mot et lettre à lettre :

Je te trouve géniale!
Quand tu danses,
tu donnes du courage!
Et pas seulement quand tu danses...
Tu es si belle quand tu danses!
Et pas seulement quand tu danses...
Mille fois BRAVO!
RDV lundi? Et mardi! Et mercredi?

Rien ne se passe jamais comme on en rêve, mais parfois, c'est encore mieux, plus doux et plus fort à la fois.

J'étais propre, sèche et soulagée quand j'ai enfilé ma combinaison blanche. Juste à temps pour former la haie d'honneur aux athlètes de tous les pays.

J'étais Lucile, une danseuse parmi les danseuses de la cérémonie d'ouverture des Jeux olympiques, même pas la transpireuse... Personne ne m'a jamais appelée comme cela. Ni mes parents ni leurs amis... personne.

Jérémy, lui, depuis ce soir-là, m'appelle parfois « ma princesse », non seulement j'adore ça, mais j'y crois.

L'AUTEUR

Hubert Ben Kemoun vit à Nantes, sur les rives de Loire.
Il a fait partie d'une troupe de danseurs contemporains quand il avait une vingtaine d'années, mais n'a jamais dansé sur le *Boléro* de Ravel, et pas davantage pour l'ouverture des Jeux olympiques.
Hélas, pétri de trac, à chaque représentation, il ouvrait trop grande sa bouche quand il se produisait sur scène… Alors, finie la danse !
Après avoir rédigé des pièces de théâtre pour la radio, il écrit depuis près de vingt ans des livres en littérature jeunesse. Des romans comme des albums. Un domaine dans lequel les mots peuvent ouvrir grand leur bouche…

L'ILLUSTRATRICE

Diglee est une jeune illustratrice au sang anglais de 23 ans, fan de Lady Gaga, de paillettes, de chaussures et des années folles. Elle travaille beaucoup pour la jeunesse, surtout pour les préadolescentes. Née à Lyon, elle a passé son bac littéraire et est sortie diplômée de l'école Émile-Cohl en 2009.

Elle tient un (passionnant) blog BD dans lequel elle raconte ses péripéties du quotidien (doublement passionnant!), qu'elle a adapté en album, *Autobiographie d'une fille gaga*. Vous pouvez la retrouver sur les salons (elle adore faire des dédicaces!) et sur son blog : diglee.com

Retrouvez la collection

Rageot Romans

sur le site www.rageot.fr

Achevé d'imprimer en France en août 2012
sur les presses de l'imprimerie Maury
Dépôt légal : août 2012
N° d'édition : 5716 - 03
N° d'impression : 175300